Diogenes Taschenbuch 24069

de
te
be

Alfred Komarek

Polt.

Roman

Diogenes

Die Geschichte spielt im niederösterreichischen Weinviertel. Ortschaften und Menschen im Wiesbachtal stammen aus der Welt der Phantasie, und alles ist nur insofern wirklich, als es wirklich sein könnte. *Bei meinem geschätzten Autor-Kollegen Thomas Hofmann bedanke ich mich für wertvolle Anregungen, und ganz besonders danke ich Ilse Walter, die als Mentorin und Lektorin mein Schreiben seit Jahrzehnten begleitet.*

Veröffentlicht als Diogenes Taschenbuch, 2011

Diogenes Verlag AG Zürich
www.diogenes.ch
120/11/52/1
ISBN 978 3 257 24069 6

Der Sonntagswirt

Still war es. Doch in der Stille lag der Nachhall von Worten, von Gelächter und Geräuschen, im Geruch des geölten Bretterbodens war die Erinnerung an Küchendunst und Zigarettenrauch.

Simon Polt, Gendarm im selbst gewählten Ruhestand, nahm einen gläsernen Bierkrug aus dem Regal und spülte ihn mit frischem kaltem Wasser aus. Dann hielt er bedächtig inne. Ein Wirt nach seinem Geschmack hatte mit beflissener Eile nichts im Sinn. Dieser löblichen Einstellung widersprach allerdings der Umstand, dass Polt nicht nur Wirt, sondern auch Gast im eigenen Hause war, ein durstiger Gast zudem. Also hielt er den Krug schräg unter den Zapfhahn und ließ das Bier sachte fließen. Polt achtete darauf, dass die richtige Menge Schaum entstand, wartete, bis sich das weiße Gewölk verdichtet hatte, fügte eine weitere Lage hinzu, wartete abermals und setzte seinem Werk endlich die ihm gebührende weiße Krone auf. Er widerstand der Versuchung, gleich einmal zu trinken, verließ die Schank und nahm im Gastzimmer Platz. Er hob den Bierkrug, prostete einem unsichtbaren Gegenüber zu und nahm einen Schluck, der nicht enden wollte, dann aber doch endete, weil Polt sich vorgenommen hatte, gehörig zu trinken, aber nicht zu saufen.

»Mit Knaben, die an der Quelle sitzen, ist es noch nie gutgegangen, egal, wie alt sie sind«, hatte ihm die verehrte, längst auch geliebte Lehrerin Karin Walter erklärt, als er gemeinsam mit zwei Freunden – Friedrich Kurzbacher und Sepp Räuschl – den ›Kirchenwirt‹ pachtete. »Du wirst dich zu Tode saufen, Simon, langsam, aber zielstrebig.«

Polt dachte daran, bewegte verneinend den Kopf und schob das Glas von sich weg.

Klar, dass Franz Greisinger, der ›Kirchenwirt‹, eines Tages nicht mehr wollte. Er war an die siebzig geworden, als er ohne erkennbares Bedauern beschloss, sich von seinen Gästen zu verabschieden. Nachfolger hatte er keinen gefunden, auch nicht richtig gesucht. Viel war ja nicht zu holen in diesem Wirtshaus. Gähnende Leere zumeist, von ein paar Stammtrinkern abgesehen. An den Wochenenden die Männerrunde nach dem Kirchgang, ein paar Mittagessen, hin und wieder Vereine, eine Hochzeit dann und wann, Taufe, Begräbnis. Spät nachts dann jene, die nicht aufhören wollten oder nicht aufhören konnten. Einer, der den anderen die Welt erklärte, einer, der sich mit den Weibern auskannte, aber wie, und einer, der wusste, wer schuld war: die Juden, die Tschechen, die Europäische Union, oder alle gemeinsam, längst auch schon verbündet mit den Kommunisten, den Freimaurern und den übrigen sattsam bekannten Weltverschwörern. Jedes Mal dieselbe Wichtigtuerei, die uralten Witze, der besoffene Tiefsinn. War es Gleichmut oder Gleichgültigkeit, die Franz Greisinger alles ruhig hatte ertragen lassen? Gleichviel: Irgendwann war eben Schluss gewesen, Sperrstunde für immer.

Aber, zum Teufel noch einmal, ein Dorf ohne Wirtshaus

war doch so gut wie tot. Eines Abends war dann in Friedrich Kurzbachers Weinkeller der Plan gereift, den ›Kirchenwirt‹ weiterzuführen, wenigstens Samstag und Sonntag.

Seither war über ein Jahr vergangen, und es lief ganz gut so. Die geringe Pacht konnte pünktlich bezahlt werden, die drei Wirte und ihre Gäste hatten weniger Langeweile, und manchmal ging es sogar richtig hoch her, wenn etwas zu feiern war. Dann sorgten Frau Kurzbacher und ihre Freundinnen dafür, dass wieder Leben in die Wirtshausküche kam, es roch nach Schweinsbraten und nach den in Butterschmalz gebackenen Schnitzeln.

Diesmal verbrachte Polt einen ruhigen Sonntag. Die letzten Gäste waren gegen Mittag gegangen. So hatte er Zeit für sich, seine Gedanken und sein Bier.

Er trank, setzte ab, trank aber gleich noch einmal, weil ihm die Gespräche an der Schank in den Sinn kamen. Das vergangene Jahr hatte für das Wiesbachtal wenig Gutes gebracht. Dieses Unwetter im August – blauschwarze Wolken am frühen Nachmittag, ein paar grelle Löcher darin, rostrotes Licht. Und plötzlich Regen, eine wütende Masse Wasser, schwere, vom Wind gepeitschte Tropfen, die sich übergangslos in glasharte Geschosse verwandelten, Weinlaub zerfetzten und Trauben platzen ließen. Hitze und Feuchtigkeit dann, über Wochen hinweg. Langsam, erst viel zu spät bemerkt, kam neues Unheil dazu: Rebstöcke wurden krank. Erst waren die Unterseiten der Blätter von einer hellen Pilzschicht bedeckt, dann drangen Sporen ein, das Laub welkte, Weinbeeren vertrockneten. Peronospora, der Falsche Mehltau …, und diesmal war ausgerechnet der Grüne Veltliner betroffen, die wichtigste Rebsorte im Wiesbachtal. Im Herbst gab es eine deprimierend karge Lese, viele Fässer blieben leer. Zum Leben wird es diesmal nicht reichen, so viel stand fest. Und vor allem jüngere Weinbauern hatten in den vergangenen Jahren mit Hilfe der Raiffeisenbank kräftig investiert.

Keiner redete im Wirtshaus über Schulden oder ernsthafte Sorgen, über Verzweiflung schon gar nicht. Aber so mancher wusste nicht recht, wie es weitergehen sollte. Immerhin war die Qualität des neuen Jahrganges ein erfreuliches Thema, besonders die der Rotweine: Blauer Portugieser, Zweigelt, Blauburger, Sankt Laurent, aber auch Cabernet Sauvignon. »Wir haben einen Dreck«, hatte ein Weinbauer an diesem Vormittag gesagt, »aber darauf können wir stolz sein.« Das traf leider den Kern.

Einen unbehaglichen Augenblick lang sah Polt ein Wiesbachtal vor sich, in dem alles vor die Hunde ging: ausgeblutete Dörfer, tote Kellergassen. Unsinn! Der Winter war ohne Frostschäden vorbeigegangen, und es konnte nur besser werden im neuen Jahr. Und es war Frühling, noch nicht wirklich Frühling, aber doch ein wenig. Das Halbdunkel in der Wirtsstube war merklich heller geworden, in den Farben von altem Holz und altem Lack konnte, wer wollte, sanftes Feuer erahnen, trägen Leichtsinn. Viel Licht ließen die kleinen Fenster nicht herein, und das war schon gut so. Nach der Arbeit im Weingarten unter einem Himmel, der den Rest der Welt nach seinen Gesetzen leben ließ, oder nach seinen Launen, kam eine dämmrige Höhle gerade recht, eine enge Zuflucht mit vertrauten Umständen, in der Platz für alles blieb, aber begrenzt, eingezäunt, ummauert, abgemessen.

Polt bemerkte, dass er doch nicht allein war. »Früh dran im Jahr, wie?«, murmelte er und schaute einer Fliege zu, wie sie matt über die Fensterscheibe kroch und dann auf dem weiß gestrichenen Holz im kühlen Sonnenlicht verharrte.

»Ruhig, was, Simon?«

Friedrich Kurzbachers Stimme klang von der Tür her. Gefolgt von Sepp Räuschl trat er näher und stellte zwei in den *Bauernbündler* eingewickelte Flaschen auf den Tisch. »Noch kellerfrisch, der Grüne. Vor vier Tagen hab ich filtriert.«

Polt stand auf, holte drei Gläser und einen Korkenzieher. »Und? Genug da, fürs Wirtshaus?«

»Wird sich grad noch ausgehen. Aber jetzt kosten wir erst einmal.«

In den folgenden paar Minuten schwiegen die drei Männer, prüften die Farbe des Weines, senkten ihre Nasen in die Gläser, kosteten und schluckten. »Also, mir schmeckt er«, sagte Polt in die gedankenvolle Stille hinein.

»Ja, dir.« Friedrich Kurzbacher warf ihm einen fast schon feindseligen Blick zu. »Was meinst du, Sepp? Also, ich glaub, der hat was…, muffig irgendwie.«

Räuschl schüttelte langsam den Kopf. »Alles Einbildung, Friedrich. Du darfst nicht daran denken, wie die Trauben diesmal ausgeschaut haben. War ja wirklich zum Fürchten. Also, wenn du mich fragst: Sauber ist er, dein Veltliner. Und dass die Säure so spitz daherkommt…, na ja, unreife Trauben kann keiner reif machen.«

»Wem sagst du das, Sepp. Es war weiß Gott genug Arbeit, die vertrockneten Beeren wegzubekommen. Hat aber sein müssen.«

»Hast dann Aktivkohle zur Maische gegeben?«

»Klar. So weit kenn ich mich schon noch aus. Nur was die Jungen heutzutage so lernen in der Weinbauschule…, da will ich nicht mehr mit. Also was ist? Schenken wir ihn aus, meinen Grünen?«

Grinsend hoben Räuschl und Polt ihre Gläser, stießen sie aneinander, und zögernd folgte Kurzbacher ihrem Beispiel. Er nahm noch einen Schluck. »Komisch. Schon schmeckt er mir irgendwie besser.« Er schaute zum Fenster hin. »Und jetzt geh ich. Du gehst auch, Sepp.«

»Warum?«

»Weil wir zwei bald einmal zwei zu viel sind. Die Karin Walter kommt.«

Polt war der Lehrerin entgegengegangen und nahm sie in die Arme. »Schön, dass du da bist, Karin.«

»Aber ich hab deine Freunde vertrieben.«

»Die kommen schon wieder. Magst was trinken? Wir haben gerade den jungen Grünen vom Kurzbacher gekostet.«

»Hab ich auch gerade, Simon.«

»Wie versteh ich das?«

»Du schmeckst danach.«

Er nahm ihr Gesicht zwischen die Hände. »Was ist? Kosten wir weiter?«

»Du bist mir einer! Aber, ehrlich gesagt, am besten schmeckt mir der Simon Polt pur, ohne Veltliner, und ohne Wirtshaus. Ganz privat und nur für mich, weißt du?«

»Gut, dann eben Sperrstunde. Wohin magst gehen?«

»Jetzt bleib ich erst einmal da. Hast schon gelüftet, heute?«

»Ja, gleich in der Früh. Warum?«

»Es stinkt.«

»Riecht nach Wirtshaus.«

»Nenn es, wie du willst. Mir wird schlecht davon.«

»Da kenn ich dich aber anders. Magst vielleicht einen Kräuterschnaps?«

»Nein, danke. Was hat der Herr eigentlich heute schon in sich hineingeschüttet?«

»Drei Bier, nicht einmal ein Achtel Wein.«

»Das geht ja noch. Aber könntest du bitte, bitte versuchen, einmal einen Satz zu sagen, in dem kein Alkohol vorkommt?«

»Lieb hab ich dich.«

»Danke, das hat gut getan. Du, ich glaub, ich bin eifersüchtig auf dein Wirtshaus.«

»Ist doch nur am Wochenende, Karin. Und der Sepp und der Friedrich sind ja auch noch da.«

»Aber wenn du einmal dran bist, ist es wichtiger für dich als alles andere.«

»Blödsinn! Entschuldige bitte.«

Sie lachte. »Wirst schon recht haben, Simon. Machst mir einen Tee?«

»Mit Rum?«

»Ohne.«

Als die Tassen auf dem Tisch standen, nahm Karin Walter einen kleinen Schluck und verzog das Gesicht. »Tut mir leid, du. Das war's auch nicht.«

»Hat der Tee was?«

»Nein, ich hab was.« Sie lächelte Polt unsicher zu. »Schwanger, Simon, im zweiten Monat! Ich war selbst ganz überrascht, aber der Frauenarzt…«

»Karin!« Polt hatte Mühe, die Fassung zu bewahren. »Ein Kind! Von mir!«

»Der Briefträger war es jedenfalls nicht.«

Polt stand auf, versperrte die Wirtshaustür und zog die Vorhänge zu.

»Was jetzt, Simon?«

»Keine Ahnung. Ich weiß nur eines: Zuschauen lass ich mir dabei nicht.«

Der Montagsvater

Was für ein schöner Morgen! Der graue Himmel hing so tief über dem Wiesbachtal, als wäre er mit ausgestreckten Händen zu berühren. Der Regen tat ein Übriges und legte einen dichten Schleier über das Hügelland. Wind war aufgekommen und wehte Polt die Tropfen ins Gesicht. Frisch fühlte sich das an und aufmunternd. Aber ein Rest Müdigkeit sollte schon bleiben, als Erinnerung an einen langen Abend, tief in die Nacht hinein. Seltsam, wenn zwei, die seit Jahren miteinander vertraut sind, unvermutet am Anfang stehen.

Ein paar Monate noch… Polt war verwirrt und ratlos, aber eindeutig glücklich.

Um fünf Uhr früh hatte der Wecker geläutet. Das musste so sein, denn Frau Habesam legte hartnäckig Wert drauf, ihr kleines Kaufhaus schon im Morgengrauen zu öffnen. Das betraf auch Simon Polt, der seit einigen Wochen in ihren Diensten stand. Das war so gekommen:

An einem Mittwoch im Sommer des vergangenen Jahres hatte Frau Habesam soeben gemeinsam mit Sepp Räuschl eine ausführliche und detailreiche Betrachtung über den unaufhaltsamen Verfall der Sitten im Wiesbachtal vorläufig beendet und einen halben Schwarzbrotwecken über den Ladentisch geschoben, als sie in jähem Schmerz das Gesicht verzog, sich an die Stirn griff und energisch nach Hilfe verlangte, bevor ihr die Zunge versagte. Die rasche Behandlung im nahen Bezirkskrankenhaus verhinderte die ärgsten Folgen des Schlaganfalls. Frau Habesams Sprechwerkzeuge, in Jahrzehnten unermüdlich geübt, funktionierten bald wieder, aber die Beine wollten nicht mehr so recht. Immerhin konnte sie mit Hilfe einer Krücke für kurze Zeit aufrecht stehen und ein paar Schritte tun, aber am Rollstuhl führte kein Weg vorbei. Die Kauffrau nahm das zur Kenntnis, übte sich unwirsch in neuen Fertigkeiten und war bald schneller unterwegs, als sie es zu Fuß je geschafft hätte. Aber einiges blieb ihr doch verwehrt. Daher wurde Simon Polt gegen geringes Salär zu ihrem kaufmännischen Gehilfen bestimmt. Es sprach ja auch nichts dagegen, wenn er sich nützlich machte, statt seine Zeit mit Müßiggang zu vergeuden. Außerdem hatte Frau Habesams Geschick, mit ihrem Kaufhaus, einem Brennpunkt dörflicher Kommunikation, stets den entscheidenden Informationsvorsprung zu wahren, angesichts vordergründiger Hinfälligkeit noch an hintergründiger Wirksamkeit gewonnen. Demnach wusste auch Polt neuerdings über so ziemlich alles Bescheid. Heute war ihm aber das köstliche Privileg vergönnt, eine Neuigkeit zu verkünden, die sogar für Frau Habesam neu war. Unwillkürlich trat er kräftiger in die Pedale.

Polt war mit seinem alten Steyr-Waffenrad unterwegs. Er hatte noch nie darüber nachgedacht, warum er diesem schweren und schwerfälligen Fahrzeug treu blieb. Jedenfalls gab es Gemeinsamkeiten: Die geraume Zeit, welche vonnöten war, um gemächlich zu beschleunigen, dann aber stetes und verlässliches Vorwärtskommen, das sich nur mit einigem Kraftaufwand bremsen ließ.

Polt stutzte, als er im Halbdunkel ein wohlbekanntes Gebäude erblickte: Hier, im Haus Burgheim 56, hatte er fast zwei Jahrzehnte als Gendarm gearbeitet. Diese Dienststelle gab es nicht mehr, das Wiesbachtal wurde vom gut dreißig Kilometer entfernten Breitenfeld aus betreut. Ja, und die Gendarmerie hieß jetzt Polizei. Polt war, ganz in Gedanken, an Frau Habesams Kaufhaus vorbei zur vertrauten Adresse gefahren. Ach was, nicht mehr seine Welt. Er wendete und beeilte sich, ans richtige Ziel zu kommen. Seine Arbeitgeberin erwartete ihn vor der geöffneten Tür. Schweigend schaute sie auf die nahe Kirchturmuhr.

Polt lehnte das Fahrrad an die Mauer. »Ja, ja, ich weiß schon. Aber doch nur ein paar Minuten!«

»Zu spät ist zu spät, mein lieber Herr. Und wie schaun S' denn drein?«

»Wie jeden Tag, nicht wahr?«

»Aber gehn S'. Diesen Blick kenn ich doch von irgendwo. Jetzt hab ich's: Der heilige Stephanus aus dem Bauernkalender, wie er *mir steht der Himmel offen!* ruft. Nachher haben s' ihn gesteinigt. Kaffee?«

»Ja, gern!« Polt griff nach dem Rollstuhl.

»Lassen S' die Finger davon! Wer weiß, wohin Sie mich heute schieben, in Ihrer merkwürdigen Verfassung.«

Dann saßen die beiden zwischen dem Verkaufsraum und dem Lager im kleinen Büro, das auch als Küche diente. Frau Habesam goss Kaffee ein und legte zwei Semmeln auf den Tisch. Polt griff prüfend zu. »Die sind aber von gestern.«

»Darum müssen s' ja weg. Eintunken, dann sind s' butterweich. Also, was ist los mit Ihnen?«

»Vater werd ich! Die Karin Walter ...«

»Wer sonst?« Jetzt erst begriff Frau Habesam die Tragweite dieser Mitteilung. »Ja, sind Sie denn noch zu retten? In Ihrem Alter! Und unsere verehrte Lehrerin ist auch grad kein junges Mädchen mehr. Außerdem stimmt die Reihenfolge nicht. Als ob das so schwer zum Merken wär: erstens heiraten, zweitens Kinder machen. Andererseits: Der Simon Polt als Ehemann und Familienvater ..., also ich weiß nicht ...«

Polt schaute verblüfft auf. »Heiraten! Über alles Mögliche haben wir gestern geredet, die Karin und ich, nur nicht darüber.«

»Dann wird's Zeit. Alles muss seine Ordnung haben vor Gott und der Welt, irgendwie halt. Der Meinige war ja auch nicht grad ein Haupttreffer. Kein Wunder, hat ja bei uns nichts Gscheites gegeben in den Sechzigern. Aber es war auszuhalten mit dem Ferdl. Nur wenn er was getrunken hat, ist er frech geworden. Stellen Sie sich vor, Herr Polt, sagt der Lackel spät abends im Wirtshaus zu mir: ›Wennst ein Esel wärst, Loisi, könnt ich jetzt auf dir heimreiten.‹ Darauf ich: ›Der Esel bist selber und reiten kannst nicht.‹«

»Frau Habesam!«

»Tun S' nicht so unschuldig, Herr Kindesvater. Werd ich also auch noch Trauzeugin auf meine alten Tage!«

»Danke fürs Angebot ...«

»Das war eine Feststellung. Ja, und noch was. Ich bin für dich ab sofort die Aloisia. Verstanden?«

»Ja ..., also das freut mich ..., äh ... Aloisia.«

»Frau Aloisia, wenn ich bitten darf. Und jetzt nimmst den Besen und kehrst auf. Ein reines Herz und ein sauberer Fußboden gehören zusammen, sag ich immer.«

»Ja, Frau Aloisia.«

Früher als sonst endete Polts Arbeitstag im Kaufhaus. Frau Habesam stellte fest, dass ohnehin nichts Rechtes mit ihm anzufangen sei, und entließ ihn mit einem Klaps auf den Hintern. »Nichts für ungut, Simon«, hatte sie feixend angemerkt, »ich hätt dir ja gern auf die Schulter geklopft, aber der verdammte Rollstuhl ...«

Karin Walter hatte an diesem Tag viel Arbeit und wollte ungestört sein. Polt blieb also Zeit. Zeit für sich.

Noch immer war ihm irgendwie feierlich zumute. Und dann dieser Geruch in der kühlen, feuchten Luft ... Ein wenig Rauch, in den Häusern wurde ja noch geheizt, aber da war auch nasse Erde drin und frisches Gras, Frühling, na klar. Ob der Nussbaum vor seinem Presshaus in der Burgheimer Kellergasse schon aufgewacht war, mit winzigen Blattspitzen an den kahlen Zweigen? Ein guter Grund jedenfalls, Nachschau zu halten, vielleicht Wein aus dem Keller zu holen und im Presshaus eine kleine Feierstunde zu begehen, eine, die nur dem werdenden Vater Polt gehörte. Natürlich würde er Karin Walter in seine Gedanken einpacken, ganz fest auch noch. Schade, dass sie ihn nicht begleiten konnte, aber Polt kam auch ganz gut mit sich allein zurecht, sehr gut eigentlich, er hatte ja viele Jahre Übung darin. Die Rückkehr ins Dorf durfte warten. Für die Ernährung seines gefräßigen Katers Czernohorsky war gesorgt, das Ehepaar Höllenbauer, in dessen Hof Simon Polt das Ausgedinge bewohnte, war verreist – eine Exkursion ins Weststeirische Weinland –, und die drei Töchter, längst recht eindrucksvoll ins Kraut geschossen, waren zu ihrer unverhohlenen Freude bei Freundinnen untergekommen.

Eine ungemessene Spanne Zeit verbrachte Polt in seinem Presshaus, sah vor der geöffneten Tür den Tag sachte vergehen, das Grau dunkel und dann schwarz werden, fühlte sich geborgen in der beginnenden Nacht und war froh darüber, dass es hier nur Kerzenlicht gab und nicht diese aufdringliche, alles entblößende Helligkeit. Er war eben ein altmodischer Mensch, so wie er auch ein altmodischer Gendarm gewesen war, ganz gerne zwischendurch, oft genug aber in kaum erträglichem Widerspruch zwischen dem, was er verpflichtet war zu tun, und dem, was er glaubte tun zu müssen. Das war gottlob vorbei. Mit der neuen Dienststelle in Breitenfeld suchte er keinen Kontakt. Seine Kollegen von damals waren aus irgendwelchen Gründen, die Polt nicht nachvollziehen konnte oder wollte, versetzt worden. Eine Ausnahme gab es allerdings, Norbert Sailer. Als er ganz jung in die Burgheimer Dienststelle gekommen war, hatten ihn die älteren, erfahrenen Kollegen nicht weiter beachtet. Doch in den folgenden Jahren erwies sich Sailer als sehr respektabler Gendarm, viel besser und moderner ausgebildet als die Generation vor ihm, aber bodenständig geblieben, mitten im Leben, mit feinem Gespür für die Menschen im Wiesbachtal. Das lag natürlich nicht zuletzt daran, dass er hier in Burgheim zu Hause war und Weinbauer im Nebenberuf. Darum hatte Sailer alles darangesetzt, auch als Polizist in der Gegend zu bleiben. Polt war längst mit ihm und seiner Frau befreundet. Davon abgesehen hatte er schon recht früh erkannt, dass Sailer ein Ordnungshüter nach seinem Geschmack war, mehr noch, einer, den er neidlos bewunderte.

Polt dachte an einen Herbsttag irgendwann Mitte der neunziger Jahre, Föhnwetter, ein grellblauer Himmel mit pastellfarbenen Wolkenfetzen, unwirklich hell die Landschaft darunter. Er und Sailer waren mit Blaulicht zum Hof des Klaus Gantenberger unterwegs gewesen. Eines seiner Kinder hatte in panischer Angst angerufen, der Vater drehe durch, mit dem Gewehr in der Hand. »Nicht das erste Mal«, hatte Polt gesagt und Halt gesucht, weil Sailer den biederen Dienstwagen gekonnt durch eine Kurve driften ließ, »am Anfang spielt er den Bruder Lustig im Presshaus, dann packt ihn der Leichtsinn und zu Hause die Wut.« Sailer nickte. »Und dann ist er unberechenbar und gefährlich.« Er bremste. »Lass mich voran, Simon.« Er öffnete leise das Hoftor, warf einen Blick in die leere Küche und fand dann Klaus Gantenberger im Schlafzimmer mit dem Gewehr im Anschlag vor. Die Kinder im Ehebett unter der Steppdecke, als wäre das irgendein Schutz, und davor Frau Gantenberger, seltsam ruhig, die Augen wie Löcher im weißen Gesicht.

Sailer zog unglaublich rasch seine Dienstwaffe und zerschoss rechter Hand einen Spiegel. Gantenberger fuhr herum, ließ verwirrt das Gewehr sinken, hob es aber gleich wieder. Sailer grinste. »Manchmal springt einem das Schießzeug nur so in die Hand, nicht wahr? Erst macht er dich lustig, der Rausch, dann allmächtig, dann ohnmächtig. Und wenn du einmal so weit bist, müssen die Schwachen herhalten, um dich stark zu machen. Hab ich recht? Na? Schieß doch auf mich, Arschloch, feiges.« Mit einer raschen Bewegung nahm Sailer dem Gantenberger das Gewehr aus der Hand. »Komm mit mir. Du brauchst endlich Hilfe, sonst zielst am Schluss noch auf dich selbst. Und du, Simon, bleib bei der Familie. Red mit ihr. Das kannst du besser.«

Ein paar Wochen später kehrte Klaus Gantenberger ganz friedlich in sein Haus zurück, klaubte ein paar Äpfel auf, legte sie ordentlich in einen Korb, stieg hinauf in den Dachboden und erhängte sich.

Abendruh

Polt wischte die alten Bilder in die Nacht, wartete, bis die Kerze von selbst erlosch, und saß noch eine Weile im Dunkeln. Er trank den Rest Wein im Glas, verschloss die halbleere Flasche und klemmte sie auf den Gepäckträger seines Fahrrades. Dann rollte er langsam talwärts.

Er war allein in der Kellergasse. Noch vor einigen Jahren, gar nicht lange her, standen hier im Frühjahr bis spät in die Nacht hinein viele Presshaustüren offen, weil es galt, gemeinsam den jungen Wein zu verkosten, ihn zu beurteilen, sich Ratschläge zu holen. Und natürlich konnte sich daraus auch eine behäbige Sauferei ergeben, ein Ritual von sanfter Zügellosigkeit. Gestritten oder gerauft wurde in den Kellern so gut wie nie, das passte nicht zur erdigen Würde dieser unterirdischen Schatzkammern. Doch Jahr für Jahr war es stiller geworden in der Kellergasse. Viele Weinbauern – der Höllenbauer übrigens auch – wollten sich nicht mehr der Natur ihrer Keller und Holzfässer ausliefern und setzten auf kontrollierten Ausbau im Stahltank. Das mochte den neuesten Erkenntnissen entsprechen, doch für Polt schwand ein dunkles Zauberreich dahin.

Noch weniger konnte er jene Bauern verstehen, die sich neuerdings dafür genierten, mit Kunden und Freunden den Wein im Presshaus oder im Keller zu verkosten. Einer, der Zöbinger Willi, hatte sich sogar einen Architekten geholt, der dann mit Beton, Glas und Chrom eine Art Schneise ins alte Bauernhaus schlug, ein önologisches Erlebnis-Labor sozusagen. Das sei modern und hygienisch, hatte der Zöbinger argumentiert. Die Gläser seien doch früher auch sauber gewesen, hatte Polt dagegengehalten, und heute Modernes sei morgen unmodern, während die Kellergasse seit über zweihundert Jahren sehr überzeugend Nützlichkeit und Genuss verband. Aber die langen Reihen der schlichten, weiß gekalkten Gebäude erinnerten auch an ein armes, ja armseliges Leben, in dem noch bis in die jüngste Vergangenheit die Herrschaft, die Kirche, die Großgrundbesitzer das Sagen hatten. Kein Wunder, dass etwas Neues hermusste, wenn man es sich endlich leisten konnte, und sei es auf Kredit.

Auf halbem Weg sah Polt dann doch einen Menschen. Ein sehr alter Mann, dürr und kleinwüchsig, trat aus einem der Presshäuser, hantierte umständlich an der Tür, wandte sich zum Gehen und verharrte, als er Geräusche hörte. Polt erkannte Hans Hornung. Letztes Jahr im September war er neunzig geworden. Es hatte eine große Geburtstagsfeier gegeben mit Kindern, Enkeln und Urenkeln. Der Pfarrer kam und brachte eine Flasche Messwein mit, und der Bürgermeister stellte sogar einen opulent gefüllten Geschenkkorb auf den Tisch. Das nächste Mal würde Hans Hornung wohl erst wieder bei seinem Begräbnis öffentliches Aufsehen erregen. Polt bremste, grüßte. »Wir zwei bringen Leben in die Kellergasse. Nicht wahr, Hans?«

Der Alte hob müde den Kopf. »Zum Leben langt's nicht mehr, Simon. Aber das Sterben freut mich auch nicht, so lang ich noch jeden Tag in den Keller kann. Alles schon auf die Jungen geschrieben, aber sie lassen mich halt gewähren. Hast Dienst morgen?«

»Ich bin schon lang kein Gendarm mehr.«

»Ist mir noch gar nicht aufgefallen.«

»Siehst! So ein fauler Hund war ich.« Polt grinste, hob grüßend die Hand und setzte seinen Weg fort. Kein Gendarm mehr ..., aber Vater, bald einmal! Schön, wenn er mit jemandem darüber reden könnte, der mehr Verständnis für ihn aufbrachte als diese Krämerseele von Habesam. Und wieder kam ihm Norbert Sailer in den Sinn. Er wohnte mit seiner Birgit ja ganz in der Nähe, dort, wo die Presshäuser der Kellergasse an den Ort Burgheim grenzten.

Polt versuchte es einfach und traf die beiden in der Küche an. Norbert Sailer stand am Herd, seine Frau saß am Tisch und legte das *Illustrierte Heimatblatt* zur Seite, als sie den Besucher erblickte. »Simon! Herein mit dir! Du kommst grad recht zum Abendessen! Es gibt Kürbiscremesuppe aus der Tiefkühltruhe und dann Weintraubenstrudel – auch aus der Tiefkühltruhe.«

Polt setzte sich zu ihr. »Es kann nur besser werden nach dem Mittagsmenü bei der Frau Habesam, richtig gesagt bei der Frau Aloisia. Neuerdings sind wir sehr vertraut miteinander.«

»Da schau her. Was hat's denn gegeben?«

»Erbswurstsuppe aus dem Stanniol und Hering in Senfsauce aus der Dose. Seit drei Monaten abgelaufen. Aber ich verdien halt nichts Besseres als Gemischtwarenhandelsgehilfe in Ausbildung. Und du, Norbert? Hab gar nicht gewusst, dass du kochen kannst!«

»Ich kann's nicht, aber ich tu's gern.«

»Ah ja. Gilt das auch für deine Mitwirkung im Kirchenchor?«

»Frechdachs. Mein Gesang wird allseits gerühmt, sogar von deiner neuen Freundin Aloisia, die ist ja auch dabei. Aber wenn wir schon bei anrüchigen Nebenbeschäftigungen sind: Wie geht's dir denn so als Wirt?«

»Ganz gut. Nur die Karin Walter hat keine rechte Freude damit. Wie war doch gleich ihre Red? Wart, ich bring's schon zusammen: Mit Knaben, gleich welchen Alters, die an der Quelle sitzen, ist es noch nie gutgegangen ... Sie hat halt Angst, dass ich zu meinem besten Gast werde.«

»Nicht nur, Simon, nicht nur. Ich kenn das Gedicht nämlich, aus dem sie zitiert. Hat ein gewisser Friedrich Schiller geschrieben. Und ich kenn auch die letzten zwei Zeilen: *Platz ist in der kleinsten Hütte für ein glücklich liebend Paar.* Was sagst jetzt?«

»Kein Wort. Oder doch. Es ist nämlich so ... Sie bekommt ein Kind von mir, die Karin. Zweiter Monat!«

Norbert Sailer zeigte verblüfft mit dem tropfenden Kochlöffel auf den werdenden Vater. »Noch ein Polt! Als ob nicht einer mehr als genug wär.«

Im Gesicht von Birgit Sailer war die Sonne aufgegangen. »Simon! Ich freu mich so sehr mit euch beiden! Wie geht's denn der Karin?«

»Sie kann das Wirtshaus nicht mehr riechen und mich nur noch bedingt.«

»Normal. Das legt sich. Aber glücklich seid ihr alle zwei, nicht wahr?«

»Ja, schon. Die Frau Habesam meint, dass es höchste Zeit fürs Heiraten wäre. Mit ihr als Trauzeugin.«

»Ja und was meint die Karin?«

»War noch kein Thema, bisher.«

»Willst du damit sagen, Simon, dass du sie noch nie gefragt hast?«

»Also ich hab immer gedacht, dass sie sich's ja denken kann.«

»Simon, Simon!« Birgit Sailer hatte sich weit über den Tisch gebeugt und ergriff Polts Hände. »Ein Kind bringt er zusammen, aber was Wichtiges fragen traut er sich nicht.«

»Ich war lange mit mir allein. Da kommt man aus der Übung bei solchen Sachen.«

Jetzt stellte Norbert Sailer die gefüllten Suppenteller auf den Tisch. »Bring einen wackeren Junggesellen nicht in Verlegenheit, liebe Frau. Jetzt wird erst einmal gegessen. Werdende Väter brauchen Kraft für den Daseinskampf.«

»Und die werdenden Mütter, Norbert?«

»Die auch. Mahlzeit.«

Nach dem Essen hob Polt den Kopf und seufzte. »Also, wie soll ich sagen. Auf der einen Seite ist es ganz einfach: zum Verrücktwerden schön nämlich. Andererseits hab ich Angst davor, alles falsch zu machen, was ein Mann nur falsch machen kann.« Als er keine Antwort bekam, lächelte er versonnen. »Versteh schon. Meine Blödheiten gehören mir allein. Aber es gibt ja auch weniger komplizierte Neuigkeiten. Einen dritten Beruf hab ich jetzt auch noch: geprüfter und diplomierter Kellergassen-Führer.«

»Alle Achtung!« Norbert Sailer stand auf, räumte das Geschirr ab und kam zum Tisch zurück. »Reich wirst du damit aber nicht werden, Simon.«

»Muss ja nicht sein. Ich hab mir das so überlegt: Wenn unsere Gäste sich mehr und mehr für die Kellergassen interessieren, weil sie Verständnis dafür haben, werden vielleicht auch die Weinbauern im Wiesbachtal wieder draufkommen, auf welche Schätze sie einfach verzichten.«

»Gscheit ist er, unser Simon. Aber mich brauchst du nicht zu bekehren. Bei mir ist sogar noch die alte Baumpresse in Betrieb.«

»Ja, ich weiß. Kann ich in dein Presshaus hinein, zum Herzeigen?«

»Na klar.«

»Und noch was, ich fang bald an mit den Führungen. Der Weingarten hinter dem Presshaus gehört ja auch dir. Kannst mir bei Gelegenheit erzählen, was sich da so tut, um diese Jahreszeit?«

»Wenig genug, Simon, ist also schnell erledigt. Aber nicht hier in der Küche. Magst gleich mit mir hinauskommen?«

»Es ist stockfinster.«

»Es gibt Taschenlampen. Und ich war heute noch nicht an der frischen Luft.«

»Ja dann!«

»So, da sind wir. Bleiben wir auf dem Güterweg, der Boden im Weingarten wird ziemlich tief sein nach dem Regen.« Norbert Sailer atmete durch. »Dich hat der Himmel geschickt, Simon! Ich wär doch glatt vor dem Fernseher verkommen. Hier leb ich auf. Macht viel Arbeit, meine kleine Wirtschaft, aber sie zeigt mir, dass es nicht nur ein Leben als Polizist gibt. Ohne Weingarten, ohne Presshaus und Keller als tröstliche Gegenwelt hätte ich längst resigniert und die Uniform hingeschmissen.«

Polt schaute ihn erstaunt an. »Du auch?«

»Ja, klar. Da gibt's jede Menge Bosheit unter den Leuten, Hass, Neid, Gewalt, aber auch Wut und Verzweiflung, Stumpfsinn, Irrsinn, pervertierte Liebe, was weiß ich. Und dieses Höllengebräu gärt unter der schönen, ruhigen Oberfläche. Nur ab und zu reißt ein Loch auf und es passiert was. Wir dürfen dann den Dreck wegräumen, Simon, und dem Gericht sauber sortiert vorlegen. Und zwischendurch ist es fad und banal. Ach was. Da, schau her: Die Reben haben um diese Zeit noch nicht ausgetrieben. Aber du kannst auf den Rebschnitt hinweisen: Qualität oder Masse, das ist die Frage. Dreimal darfst du raten, wofür ich mich entschieden habe. Und dann wirfst du einen Kennerblick auf die Dicke der Stämme und verkündest, dass die hier sieben Jahre alt sind. Ja, und noch was: könnte natürlich sein, dass es Frostschäden gibt. Das sieht man so nicht.« Sailer zückte ein Taschenmesser. »Zeit für einen scharfen Schnitt ins Auge, Simon. Klingt grausam, aber so nennt man die Stelle, von wo aus der Stock bald einmal antreiben soll. Erledigt! Schau her: schön grün innen! Braun wär ganz schlecht gewesen. So, das war's, zurück ins traute Heim!«

Sailer ließ das Licht der Taschenlampe beiläufig über die Reben gleiten. Dann stutzte er. »Moment noch, Simon. Da hinten ist was, das nicht hierher gehört.« Mit raschen Schritten ging er in den Weingarten. Polt folgte ihm zögernd. Dann blieb Norbert Sailer so plötzlich stehen, dass Polt gegen den Rücken seines Freundes stieß. »Keinen Schritt weiter! Da liegt einer. Tot, kann fast nicht anders sein. Und da ist verdammt viel Blut.«

Freunde

Polt stand erschrocken da und fühlte sich in eine Vergangenheit zurückgestoßen, mit der er nichts mehr zu tun haben wollte. Verwundert beobachtete er, wie exakt und scheinbar ruhig Norbert Sailer reagierte. Als er keinerlei Anzeichen von Leben feststellen konnte, richtete er sich auf, griff zum Handy und informierte seine Dienststelle über den Leichenfund. Dann ging er langsam auf Simon Polt zu. »Bleib bitte, wo du bist. Wir zwei haben wahrscheinlich schon Spuren zerstört, als wir hierhergekommen sind. Aber das konnte ja keiner ahnen. An die zwanzig, dreißig Minuten wird es schon dauern, bis die Tatortgruppe da ist. Halten wir eben Totenwache.«

Norbert Sailers Gesicht war für Polt im Halbdunkel nur undeutlich zu sehen. Doch er glaubte einen Ausdruck wiederzuerkennen, der ihm von früher her vertraut war. Wenn's gefährlich wurde, sperrte sein Freund die Gefühle weg, handelte nicht feig, nicht mutig, nicht im Zorn und nicht aus Mitleid, sondern einfach angemessen und zielführend – bis alles vorbei war und er wieder ein Mensch sein durfte, nicht nur Polizist. »Der Tote liegt schon länger da, Simon. Mehr als 48 Stunden jedenfalls. Die Haut hat einen fahlen, grünlichen Ton, das kommt von bestimmten Bakterien. Und er wäre nicht so bald gefunden worden, wenn nicht wir zwei … Ist ja fast nichts zu tun im Weingarten, derzeit.« Sailer strich mit der Hand über einen Rebstock. Dann wandte er sich plötzlich ab. Er schwieg lange, und als er weiterredete, war seine Stimme leiser geworden. »Ich Idiot hab immer geglaubt, der Polizist und der Weinbauer hätten nichts miteinander zu tun. Aber es gibt immer wieder eine Lektion zu lernen. Und die hier ist deutlich. Der Kriminalfall, wenn's überhaupt einer ist, wird irgendwann aufgeklärt sein, oder auch nicht. Mehr oder weniger Routine. Aber der Weingarten da – verdreckt, Simon, für immer verdreckt.« Ein kaum merkliches Schulterzucken. »Gut, ich nehm's zur Kenntnis. Aber muss dieser Mensch ausgerechnet hier sterben?« Sailer richtete den Strahl der Taschenlampe auf den Toten. »Wegschauen bringt nichts, Simon.«

Widerwillig nahm Polt das Bild in sich auf. Zwischen den Rebstöcken lag halb sitzend, in sich zusammengesunken, der Körper eines Mannes, der um die vierzig sein mochte. Keiner von hier jedenfalls: Leute, die so gekleidet waren, kannte Polt nur aus der Zeitung. Das dunkelblonde Haar war halblang geschnitten, das Gesicht wirkte weich, irgendwie knabenhaft. »Schaut nicht so drein, als ob er leiden hätte müssen, wie?«

Norbert Sailer gab einen Laut von sich, der vielleicht ein kleines Lachen war. »Das *im Tod zur Maske gefrorene Grauen* gibt's nur in Kriminalromanen. Die Gesichtszüge erschlaffen nach dem Sterben. Übrigens ist die linke Pulsader aufgeschnitten worden, und eine scharfkantige, grüne Glasscherbe hab ich auch liegen gesehen – könnte von einer Weinflasche stammen.«

»Also Selbstmord?«

»Nur kein vorschnelles Urteil. Hast du den Mann schon einmal gesehen, Simon?«

»Nein. Du vielleicht?«

»Wenn ich das wüsste…, ich vergesse kaum je ein Gesicht, und dieses hier…, irgendetwas löst es in mir aus. Konkret kann ich aber nichts dazu sagen.«

»Und wie soll es jetzt weitergehen?«

»In der Ermittlungsarbeit so wie immer, da weißt du ja Bescheid, Simon. Hat sich wenig geändert, seit deiner Zeit. Komplizierter ist alles geworden, Intuition und Menschenkenntnis sind nicht mehr so gefragt. Und privat werd ich der Birgit beibringen müssen, dass sie mit einem Mordverdächtigen zusammenlebt.«

»Mach keine blöden Witze!«

»Ich mein's ernst, und es beunruhigt mich nicht. So ist das eben am Anfang einer Ermittlung. Und du kannst deiner Karin morgen was Spannendes berichten.«

»Schauergeschichten sind wahrscheinlich das Letzte, was sie derzeit von mir hören will. Sag einmal, kannst nicht die Taschenlampe ausschalten?«

»Und was der Simon nicht sieht, das gibt es nicht. Bist du eigentlich je erwachsen geworden? Die Taschenlampe bleibt eingeschaltet, damit uns die Kollegen schneller finden. Aber ich leuchte dir zuliebe woanders hin. Da, der Baum! Weingartenpfirsiche. Schmecken wie die saftigste Sünde.

Gibt's fast nur noch bei mir. Irgendwie sind wir beide von gestern. Ich als Weinbauer, du in jeder Hinsicht.«

»Sollst recht haben, Norbert.«

Die Männer schwiegen. Polt spürte kühle Feuchtigkeit auf der Haut, obwohl es schon gegen Mittag aufgehört hatte zu regnen. Er hob den Kopf. Die Wolkendecke war aufgerissen und ließ Platz für eine dünne Mondsichel und ein paar Sterne. Polt fragte sich, welcher Teufel ihn an der Hand genommen und hierhergeführt hatte. Und dazu noch dieses verdammte Warten. Er schaute talwärts, sah die Lichter von Burgheim und Brunndorf, ein paar Autos waren unterwegs, und da, endlich, ein blaues Blinken. »Sie kommen, Norbert!«

»Ja, dann!«

Bald näherten sich die Männer und Frauen der Tatortgruppe. Sailer neigte den Kopf zu Polt. »Bastian Priml leitet den Einsatz. Bezirksinspektor. Tüchtiger, als er ausschaut.«

»Guten Abend, die Herren! Die Leiche?«, rief Priml vom Güterweg her.

Norbert Sailer richtete den Lichtstrahl der Taschenlampe darauf.

»Welchen Weg haben Sie durch den Weingarten genommen?«

»Vom Güterweg aus, ungefähr, wo Sie jetzt stehen, hier her.«

»Dann markieren Sie bitte auf geeignete Weise die Stelle, an der Sie sich jetzt befinden, und folgen dem Weg, den Sie gegangen sind, zu mir.«

Sailer und Polt taten wie geheißen und standen dann

vor Priml: ein kleiner, altersloser Mann, Hornbrille, Gel im schwarzen, glatt zurückgekämmten Haar. »Den Weingarten bis zur Leiche hin und so weit wie möglich darüber hinaus ausleuchten, bitte!« Er orientierte sich mit raschen Blicken. »Sie haben den Toten entdeckt, nicht wahr, Herr Kollege?«

»Ja, erst mit der Taschenlampe vom Güterweg her – da war's noch ein merkwürdiger Farbfleck im Weingarten.«

»Keine Romane bitte, wir reden nachher. Als Sie erkannt haben, dass da jemand liegt …«

»… habe ich den Simon …«

»Wen?«

»Meinen Begleiter aufgefordert stehenzubleiben und bin zum Fundort gegangen.«

»Welche Strecke? So exakt wie möglich bitte.«

»Von dem markierten Platz aus in gerader Linie.«

»Sie haben die Leiche berührt?«

»Ja, um den Puls zu fühlen.«

»Und dann?«

»Sie genauer betrachtet. Die Verfärbung der Haut …«

»Geschenkt. Keine weitere Berührung mehr? Keine Veränderung der Lage?«

»Nein.«

»Und anschließend?«

»Ich bin zum nunmehr markierten Platz zurück, und zwar so gut es ging in meinen eigenen Fußstapfen.«

»Ja, ja. Gehen Sie und Ihr Begleiter zur Kellergasse und warten Sie dort auf mich. Ich muss hier meine Anordnungen treffen und bin dann gleich bei Ihnen.«

Simon Polt warf im Gehen einen Blick zurück in den taghell erleuchteten Weingarten. »So ein Theater!«

»Muss sein. Die Beweissicherung wird immer wichtiger. Und wir zwei könnten dabei nur stören.«

»Dieser Priml ..., was ist der für einer?«

»Schwer zu sagen. Er war in Wien ein paar Jahre lang recht erfolgreich unterwegs und hat sich dann zu uns aufs Land versetzen lassen, kann sein, um hier einen noch längeren Schatten zu werfen. Aber ich weiß nicht, ob das die richtige Taktik war. Er tut sich schwer mit den Leuten, und der richtige Stallgeruch gehört eben auch dazu. Vielleicht lernt er es noch, klug ist er ja.«

Die beiden Männer warteten schweigend, bis Priml auf sie zu trat. »So, meine Herren! Nun zu Ihnen. Ist das Ihr Presshaus, Herr Kollege?«

»Ja.«

»Dann lassen Sie uns hineingehen, Licht kann nie schaden.«

»Tut mir leid, ich hab den Schlüssel nicht bei mir.«

»Eigenartig. Ein Weinbauer begibt sich des Abends in die Kellergasse und nimmt den Presshausschlüssel nicht mit.«

»Wie schon am Telefon gesagt: Ich wollte nur mit meinem Freund ganz kurz in den Weingarten. Soll ich den Schlüssel holen? Dauert gerade ein paar Minuten.«

»In denen Sie sich mit Ihrer Frau absprechen können.«

»Warum sollte ich?«

»Ja, warum? Nehmen wir eben mit dieser Straßenleuchte vorlieb.«

Priml schaltete ein Diktafon ein und klappte sein Notizbuch auf. »Ihre Personalien sind bekannt, Herr Kollege. Und Sie?« Er schaute Polt fragend ins Gesicht.

»Simon Polt.«

»Lange Jahre Gendarm hier im Wiesbachtal gewesen! Ein geradezu legendärer Gendarm«, ergänzte Sailer.

»Darum ist er jetzt wohl keiner mehr? Doch darüber können wir auch später reden. Also weiter im Text. Adresse? Beruf? Geburtsjahr? Familienstand?«

Als Priml die gewünschten Informationen notiert hatte, wandte er sich wieder Norbert Sailer zu. »Jetzt möchte ich eines wissen: Was treibt Sie bei diesem ungemütlichen Wetter und auch noch in der Dunkelheit aus der behaglichen Wohnküche in den morastigen Weingarten?«

Sailer erzählte, Polt nickte bestätigend.

»Ich will Ihnen ja nicht nähertreten, Herr Kollege. Aber Sie sind schließlich auch Polizist. Kommt Ihnen diese ... äh ... Erklärung nicht ein wenig konstruiert vor?«

»Ich wollte einfach an die frische Luft. Und bei dieser Gelegenheit ...«

»Gut. Kein Wort mehr darüber. Oder doch: Hatten Sie oder Ihre Frau keine Bedenken, dass Sie sich ohne zwingenden Grund im nassen Weingartenboden die Schuhe über und über schmutzig machen würden?«

»Darum sind wir ja auch am Rand geblieben, auf dem Güterweg.«

»Bis Sie dann aus einer plötzlichen Eingebung heraus mit Ihrer Taschenlampe den Weingarten abgesucht haben?«

»Nicht abgesucht. Nur im Weggehen schnell noch einen Blick darauf geworfen. Das tu ich eigentlich immer, alte Gewohnheit, auch bei anderen Weinbauern übrigens.«

»Und dieser ... Farbklecks hat Sie dann so fasziniert, Herr Kollege, dass Sie ...«

»Ja, von da an war dann der Polizist stärker als irgendwelche Bedenken.«

»Und Sie, Herr Polt, sind einfach hinterher. Was oder wer war denn da in Ihnen stärker?«

»Weiß nicht.«

»Und es könnte nicht so sein, dass Sie, Herr Kollege, oder Sie beide erwartet, befürchtet, geahnt haben könnten, was Sie bald darauf erblickten?«

Norbert Sailer lächelte andeutungsweise. »Nein. Es könnte nicht so sein, und es war nicht so.«

Jetzt lächelte auch Priml. »Nichts für ungut, meine Herren. Ich stelle einfach Fragen, die sich mir aufdrängen. Darf ich Sie bei Gelegenheit zu einem Gespräch in die Dienststelle bitten, Herr Polt? Man wird sich mit Ihnen zeitgerecht in Verbindung setzen.«

»Und warum reden wir nicht gleich?«

»Sie sollten die Art meines Vorgehens doch besser mir überlassen. Für heute ist Ihre Anwesenheit nicht mehr erforderlich. Haben Sie Dank, Herr Polt, und auf Wiedersehen!«

Gute Nacht

›Haben Sie Dank, Herr Polt, und auf Wiedersehen.‹ Das war also die neue Art, mit Menschen umzugehen, mit einem gewesenen Gendarmen im Besonderen ... Na ja, egal. Und jetzt war plötzlich Leben in der Kellergasse, grelles, aufdringliches Leben, weil einer gestorben war.

Polt ging rasch talwärts, die Hände in den Taschen, den

Kopf zwischen die Schultern gezogen. Als er das Haus von Norbert und Birgit Sailer erreicht hatte, sah er auf der gegenüberliegenden Straßenseite einen ihm unbekannten Polizisten stehen. Dieser Priml setzte sich ganz schön in Szene … Polt nahm sein Fahrrad, warf einen Blick auf das beleuchtete Küchenfenster und fuhr los. Als er zum Hof der Familie Höllenbauer kam, bremste er kurz, fuhr dann aber weiter, nahm am Dorfrand einen Güterweg, der durch weithin ebenes Land zum Grünberg hin führte und den Talrand entlang zur Kellergasse von Brunndorf. Im Presshaus von Friedrich Kurzbacher war kein Licht zu sehen, auch sonst war alles dunkel und menschenleer. Also zurück nach Burgheim. Etwa auf halbem Weg hielt Polt an und stieg vom Fahrrad. Hier war einer seiner Lieblingsplätze im Wiesbachtal. Drei große Kastanienbäume drängten ihre Stämme so dicht aneinander, dass sich ihr Laub im Sommer zu einer einzigen Krone verband. Ein Bildstock stand darunter, und da war auch einer der wenigen öffentlichen Brunnen zwischen den Weingärten, die noch funktionierten und hin und wieder benutzt wurden. In einiger Entfernung säumten die Lichter der Dörfer das Tal, und an den Hängen nach Norden zur Grenze hin zeichneten die Kellergassen lange Ketten kleiner heller Punkte in die Nacht. Polt hätte nie im Leben in einer Stadt wohnen wollen, in der es keine ordentliche Dunkelheit gab, nur schäbige Schatten und schmutzig-graue Finsternis.

Er fuhr dann doch nicht nach Burgheim, sondern lenkte das Fahrrad vorsichtig über einen holprigen Feldweg, erreichte Brunndorf, bog in die Hintausgasse ein und fand sich wie zufällig vor Karin Walters kleinem Haus wieder.

Polt schaute auf die Uhr: Gegen elf… Ob er es wagen konnte?

Eigentlich schon, wenn er sein Anliegen bedachte – und es war ja noch Licht im Fenster. Er klopfte, Karin Walter öffnete die Tür. »Simon! Bist du neuerdings Nachtwächter im Viertberuf?«

»Nein, wär aber gar keine schlechte Idee. Du…, sag einfach, wenn ich ungelegen komm, und ich bin schon weg.«

»Du weißt gar nicht, wie gelegen du kommst!« Sie stutzte. »Wie schaust denn du drein?«

»Werdende Väter schauen so.«

»Ja dann…, herein mit dir!« Sie ging voran und wies auf einen Stapel bunt eingebundener Schulhefte. »Aufsätze, Aufsätze, Aufsätze! Also, mir reicht's für heute. Komm, setz dich her da. Und jetzt zeig ich dir was. Möchte wissen, was du dazu meinst.« Sie schlug eins der Hefte auf. »*Bei uns daheim* war das Thema. Schau dir an, was der Ulli geschrieben hat.«

Polt las leise vor. »*Fantsiegeschichten von Ulrich Kaspar. Es war einmal eine Henne die aß zum Frühstück 6 Leibbrote und 4000 Eier. Aber ein Wolf aß 300 Leibbrote und 40000 Hüner*. Und das war's, Karin?«

»Ja.«

»Weißt du, ich bin kein Lehrer, und im Aufsatz war ich nie besonders gut. Aber ich find's großartig. Und so richtig aus dem Leben gegriffen.«

»Ganz meine Meinung. Aber wenn ich den Text so beurteile, wie ich ihn beurteilen müsste, wär's ein glattes Nichtgenügend.«

»Ja…, und wenn du gar keine Note drunterschreibst, sondern einen Satz? Ich meine, so ungefähr wie: Das ist eine so schöne Geschichte, dass die Fehler ausnahmsweise nicht so wichtig sind.«

»An dir ist ein Lehrer verlorengegangen, Simon! Richtig korrekt ist das aber natürlich nicht.«

»War mir auch als Gendarm schon immer ziemlich egal.«

»Wem sagst du das! Wie war's denn heute so?«

»Die Frau Habesam weiß jetzt Bescheid.«

»Noch besser als sonst?«

»Unser Kind, Karin. Sie hat mir auf den Kopf zugesagt, dass ich wie ein verklärter Märtyrer dreinschau – hab ich's ihr halt erzählt.«

»Um Himmels willen! Aber gut beobachtet hat sie – und früher oder später wär's nicht mehr zu verheimlichen gewesen, also dann eben früher. Ihr Kommentar?«

»Höchste Zeit für die Hochzeit. Sie geht als Trauzeugin, sie rollt, genauer gesagt.«

»Und du, Simon, was sagst du?«

»Recht hat s', die Frau Habesam.«

»Mein Lieber!« Karin Walter ergriff eins der Schulhefte und schlug es Polt sanft um die Ohren. »Wenn das ein Heiratsantrag gewesen sein soll: Geht's nicht ein bisschen feierlicher?«

»Ich hab's ja eh probiert, Karin. Also, was ist?«

»Ja und nein, nein und ja, was weiß ich.«

»Sag einmal, ist es dir egal, wenn's für das Kind keine richtige Familie geben wird?«

»Jetzt hast du dich aber verraten. Ich allein hätt noch lange warten können, bis du mich fragst.«

Simon Polt flüchtete sich in einen beredten Seufzer. Dann schwieg er und suchte in Karin Walters Gesicht nach Spuren von Gnade, fand aber nur freundliche Glätte. »Was soll ich sagen, Karin ... Vor Jahren, ich war noch Gendarm, hab ich in meinem Presshaus mit dem Christian Wolfinger geredet – der Jäger, du weißt schon. Und weil bald Weihnachten war, hab ich ihm von dir erzählt und davon, wie ungeheuer gern ich dich hab. So sind wir aufs Heiraten zu sprechen gekommen. Ich bin gute vierzig, hab ich g'sagt. Da hat man so seine Angewohnheiten. Er drauf: Und meistens schlechte.«

»Meinst du, die kenn ich nicht alle, nach der langen Zeit?«

»Weiß ich, was der Czernohorsky zu dir sagt?«

Jetzt lachte Karin, lachte lange und vergnügt. »Was magst denn zum Frühstück, Simon?«

»Frühstück?« Polt bekam einen roten Kopf.

Die Lehrerin betrachtete ihn innig und zufrieden. »Danke, Lieber! Das nenn ich ein Kompliment ...«

Es war noch dämmrig, als die zwei tags darauf einträchtig am Küchentisch saßen. »Weißt du, Karin«, Polt kämpfte mit einem halb rohen Frühstücksei, »so verknittert und verstrubbelt hab ich dich noch lieber als sonst.«

»Ja?« Sie lächelte verlegen.

»Ja! Ich hab dich nur für mich, und du gehst keinen anderen was an.« Er griff nach einem Toastbrot, das nur mit viel gutem Willen als dunkelbraun bezeichnet werden konnte, und legte einen Würfel von Karins legendärem Quittengelee darauf, das sich durch hohe Elastizität und erstaunliche Bissfestigkeit auszeichnete. Es gab Leute, die Karin Walters

Kochkunst als furchterregend bezeichneten. Polt zog es vor, sie respekteinflößend zu nennen.

Die Lehrerin schaute auf die Uhr. »Keine Eile, Simon. – Und jetzt heraus mit der Sprache! Was hast du mir gestern Abend verschwiegen? Mir machst du nichts vor, mein Lieber.«

»Das befürchte ich. Ich hab dich nicht erschrecken wollen, so spät und in deinem Zustand. Aber heute werden ja alle im Wiesbachtal davon reden. Ein Leichenfund, Karin. Ausgerechnet im Weingarten vom Norbert Sailer. Saublöde Sache, besonders für einen Polizisten.«

»Ja, schon, und nicht nur für ihn. Bin ich froh, dass dich so etwas nichts mehr angeht. Und ich will fürs Erste eigentlich auch gar nichts davon wissen. Du, Simon, aber etwas anderes macht mir Sorgen, und das betrifft auch dich: Die Schule hat zu wenig Kinder, und es wird ja an allen Ecken und Enden gespart. Stell dir vor: Schon im Herbst könnte es keinen Schulanfang mehr geben in Burgheim.«

»Und was wird dann aus dir?«

»Eine arbeitslose Lehrerin oder eine, die sich irgendwo anders eine Stelle suchen muss, womöglich weit weg auch noch.«

»Alles, nur das nicht!«

»Halt mir die Daumen, Simon! Und jetzt muss ich ins Bad, damit sich die Kinder nicht vor mir fürchten.«

Polt hatte viel Zeit. Am Dienstag erwartete Frau Habesam gewöhnlich nur wenig Kundschaft, und sie kam ganz gut allein zurecht. Kaum war Karin Walter gegangen, fühlte er sich unbehaglich in ihrem Haus, fast wie einer, der heimlich in fremden Wäscheschränken stöbert. Er zog sich fertig an, sperrte zu und fuhr nach Burgheim in seine vertraute Höhle, in der es einen nicht minder vertrauten Mitbewohner gab, seinen Kater.

Als Polt eintrat, saß Czernohorsky in der offenen Küchentür, den Schwanz adrett um die Vorderpfoten gewickelt, fixierte Polt aus bernsteinfarbenen Augen und begann eine Serie misstönender Laute auszustoßen, kunstvoll variiert und gar nicht leise. »Ja, Kater, ich weiß, lang war ich weg, und fremdgegangen bin ich auch noch.« Polt kniete nieder, um Czernohorsky zu streicheln, doch der Kater brachte es mit gleitenden Ausweichbewegungen spielend fertig, dass Polt nur Luft unter der Hand spürte. Dann war ein kehliges, kurzes Maunzen zu hören, das in Polts Ohren verächtlich klang. Der Kater stellte den Schwanz senkrecht auf, durchquerte die Küche, nahm im Vorbeigehen einen beiläufigen Bissen aus dem halbvollen Napf und verließ den Raum leichtpfötig durch das offene Fenster.

Kaum war der Kater verschwunden, kam Besuch. Polt war nicht wenig überrascht, als er Peter Frischauf, den Bürgermeister von Burgheim, in der Tür stehen sah. »Was verschafft mir die Ehre?«

»Ach was, Ehre!« Das Gemeindeoberhaupt nahm ohne viel zu fragen in der Küche Platz. »Heutzutage ist ein Bürgermeister hauptsächlich Notnagel, Sündenbock und Schuldenverwalter. Und zu dir, Simon, treibt mich ein Notfall. Du bist jetzt ja Kellergassenführer, nicht wahr?«

»Geprüft und diplomiert.«

»Wie sich's gehört. Und stell dir vor: Einer vom bayerischen Fernsehen war bei mir. Ich Depp hab schon geglaubt, dass das mein medialer Durchbruch sein könnte. Nichts da. In der Burgheimer Kellergasse wollen sie drehen.«

»Sehr schön! Und was ist jetzt der Notfall?«

»Die wollen Action.«

»Äktschn?«

»Na, Kellergassenflair halt.«

»Action! Flair! Klingt so richtig wiesbachtalerisch, was?«

»Man geht eben mit der Zeit, auch sprachlich. Also: Es muss sich was tun! Lustige Trunkenbolde, fröhliche Weinbauern, dralle Madln, Musikanten, das echte, wahre Leben, wie es eben so ist, bei uns im Wiesbachtal.«

»Ist aber nicht so.«

»Simon! So ein Film hat immensen Wert für uns, da ist mein Budgetdefizit nichts dagegen. Wir müssen tricksen, zaubern, Wunder wirken!«

»Mehr nicht?«

»Jetzt sei nicht so fad. Denk einmal anders herum: Wenn unsere Kellergasse im deutschen Fernsehen ist, wird sie auch unseren Weinbauern wieder mehr wert sein. Und daran liegt dir doch was, nicht wahr?«

»Schon.«

»Also, Simon: Du trommelst ein paar tatkräftige Männer zusammen, und ihr überlegt euch, meinetwegen mit mir gemeinsam, eine wirkungsvolle Inszenierung für einen Tag. Echt! Urig! Süffig! Kann ich auf dich zählen? Es eilt, nächste Woche wollen die schon kommen.«

»Na gut, ich probier's.«

»Du bist halt ein echter Kellermann, Simon! Und jetzt muss ich weiter nach Breitenfeld.«

»Kann ich mitkommen? Ich hab ja kein Auto.«

»Warum nicht? Was zieht dich in unsere schöne Bezirkshauptstadt?«

»Ich möcht Babysachen einkaufen.«

»Ah! Bub oder Mäderl?«

»Weiß ich noch nicht.«

»Dann wird's aber schwierig.«

»Vielleicht einen Kinderwagen?«

»Und wenn dann Zwillinge kommen? Oder gar Drillinge?«

»Herr Bürgermeister!«

»In meiner Position, Simon, muss man immer mit allem rechnen.«

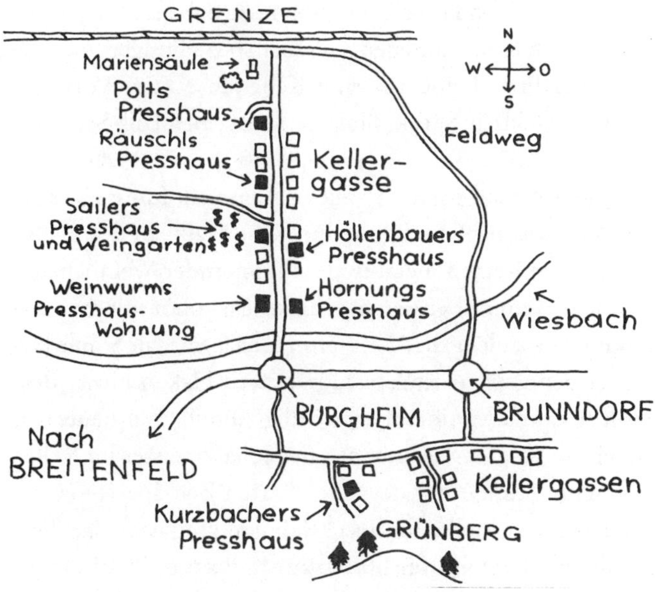

Tiefgang

Am frühen Nachmittag kam Polt aus Breitenfeld zurück, packte eine allerliebste Plüschkatze aus und zeigte sie seinem mäßig interessierten Kater. »Kleinstkindgeeignet, Czerno! Keine Knopfaugerln zum Verschlucken, lutsch- und saugfest.« Dann ging er daran, eine Gesprächsrunde für den Abend zu organisieren. Zuvor telefonierte er noch mit Ernst Höllenbauer und fragte ihn, ob er ein paar Leute in den Keller einladen dürfe. Na klar, war die Antwort, und er solle die Männer nur ja nicht verdursten lassen. Sepp Räuschl und Friedrich Kurzbacher nahmen die Gelegenheit, dem abendlichen Alltag zu entgehen, gerne wahr, Norbert Sailer hatte dienstfrei und versprach zu kommen, und der Bürgermeister war schon im eigenen Interesse dabei.

Polt nutzte seine neuen Geschäftsbeziehungen und erwarb bei Frau Habesam eine Kellerjause zum Vorzugspreis: Selchfleisch, Speck, Blutwurst und einen Laib Schwarzbrot.

Gegen Abend packte er alles zusammen, füllte Czernohorskys Fressnapf und ging durch die Halle, in der neuerdings lange Reihen metallisch schimmernder Weinbehälter standen. Weiter über den begrünten Innenhof mit dem altmodischen Säulengang, der *Trettn*, nach vorne zur Straße hin. Als er den großen Kellerschlüssel vom Haken hinter dem Hoftor nahm, war ihm merkwürdig zumute. Für heute war er, Simon Polt, der Weinbauer, der Schatzmeister im Keller. Eine gute Stunde vor der vereinbarten Zeit sperrte er das Presshaus auf, stellte die Tasche ab und ging nach draußen, wo linker Hand wenige Stufen zur Kellertür hinabführten, hinter der es viele Stufen gab, zweiundvierzig, um genau zu sein.

Die Innenseite der Tür war nass um diese Zeit, in der es im Freien allmählich wärmer wurde als im Keller, der seine zwölf, dreizehn, vierzehn Grad das ganze Jahr über bewahrte. Seit er die Familie Höllenbauer kannte, seit über zwanzig Jahren also, war Polt unzählige Male diese Stufen nach unten gegangen, diese in hunderten von Jahren krumm und rundkantig gewordenen Ziegelreihen, die sich durch die Schuhsohlen spüren ließen und lautlos alte Geschichten immer wieder neu erzählten. Im Keller angekommen, betrachtete Polt die großen, nach wie vor sorgsam gepflegten Fässer und wusste, dass die meisten davon leer waren und für immer leer bleiben würden. Er tastete sich langsam in einen verwinkelten, nicht gewölbten Bereich des Kellers vor. Dunkel war es hier. Aus Spalten im Löss drangen feine Wurzeln, dort, wo die Nässe Eisenanteile im Sand rosten ließ, gab es rötliche Flächen in vielen Schattierungen, Pilze und Flechten schimmerten feucht. Als sich seine Augen an diese beinah lichtlose Welt gewöhnt hatten, erkannte Polt Namen und Zeichnungen, eingeritzt oder sorgfältig graviert. Er dachte daran, dass er vor vielen Jahren am Ostermontag mit Karin Walter hier unten gestanden war, sehr aufgeregt und sehr verliebt. Na gut, verliebt war er noch immer, aber anders verliebt. Und dann dieser Geruch, dieser erdige, holzige, feuchte Geruch: jenseitig irgendwie, weihevoll, aber auch sinnlich, betörend sinnlich. Polt wandte sich wieder dem großen Kellergewölbe zu und ging an den Fässern vorbei, bis er einen fast sakral wirkenden Raum unter einem aufwändig gemauerten Gewölbe erreichte. Er nahm ein paar

Flaschen aus den Wandnischen und stellte sie zurecht. Hier war ein guter Platz zum Reden und Kosten.

Wieder im Presshaus, wusch Polt Gläser aus, legte die Kellerjause auf ein Holzbrett, trug alles nach unten und wartete.

Räuschl und Kurzbacher kamen gemeinsam. Diesmal waren sie viel zu früh dran. Polt hatte es noch nie erlebt, dass sich die beiden an eine Uhrzeit hielten. Jene Zeit, die sie als zeitgerecht empfanden, ließ sich nicht in Zifferblätter sperren. Norbert Sailer war pünktlich, wie es seiner präzisen Denkweise entsprach, und der Bürgermeister kam zu spät, um seine Bedeutung zu unterstreichen. Er grüßte beiläufig und trat auf Norbert Sailer zu. »Was gibt's Neues mit deiner Leich?«

»Nichts Aufregendes, Herr Bürgermeister, und nicht einmal das kann ich erzählen. Bezirksinspektor Priml führt die Ermittlungen, und er wäre zu Recht verärgert, wenn ich Informationen unters Volk bringe, noch dazu als Betroffener.«

»Dann eben nicht.« Frischauf blickte animiert in die Runde. »Also! So ungefähr werdet ihr ja schon Bescheid wissen. Ich fasse das Wesentliche kurz zusammen.« Er redete dann ziemlich viel und wandte sich endlich an Simon Polt. »Und? Was jetzt?«

»Kosten wir erst einmal. Ein Grüner!« Polt öffnete die Flasche, roch prüfend am Korken, füllte die Gläser und hob das seine gegen das Licht. »Die Farbe passt, würd ich meinen.« Er führte das Glas zur Nase. »Und er riecht doch glatt so, wie er riechen sollte.«

Sepp Räuschl warf Friedrich Kurzbacher einen schnellen Blick zu. »Na, na!«

Dann wurde gekostet. Ein Schweigen folgte, das Polt ein wenig unruhig werden ließ. Dann hob der Kurzbacher den Kopf. »Das ist aber keiner aus dem Vorjahr.«

»Doch, Friedrich, doch.«

»Der Ernstl versteht was vom Wein, aber zaubern kann auch er nicht.«

Polt grinste. »Nein, kann er nicht. Ich erzähl einfach, was ich mitbekommen hab beim Helfen. Erst einmal ist er so vorgegangen wie du auch.«

»Na also. Und dann?«

»Hat er ihn eineinhalb Tage auf der Maische stehen lassen, zur Fermentation. Vor dem Pressen dann Aktivkohle, und in den Most so ein Pulver…, wart, ich hab's: Degustin. Aber da war noch was…«

Norbert Sailer hob sein Glas und trank ein zweites Mal. »Prepur wahrscheinlich, das nimmt die Gerbstoffe heraus.«

Räuschl schnaubte empört. »Alles Chemie.«

»Kasein, Sepp, halb so schlimm. Und dann war der liebe Ernst Höllenbauer auch noch sehr vorsichtig mit dem Aufzuckern…, da wird schnell einmal das Aroma dünn. Was ist mit dem Roten, Simon?«

Polt öffnete eine Flasche Blauen Portugieser. »Sogar in diesem Teufelsjahr ein hoher Ertrag, obwohl kräftig ausgedünnt worden ist. Aber die Trauben sind nicht richtig reif geworden. Der Most war viel zu hell. Der Ernstl hat mit Blauburger nachgeholfen. Jetzt passt die Farbe.«

»Nicht nur die Farb.« Sepp Räuschl setzte sein Glas ab. »Und was jetzt?«

»Ein Gelber Muskateller. Na, das war vielleicht ein Kampf gegen die Säure im Most!«

Als alle gekostet hatten, ergriff wieder Norbert Sailer das Wort. »Also da ist ihm was gelungen, deinem Freund und Quartiergeber, Simon! Elegant und duftig, dieser Wein, nicht so stark und aufdringlich wie in den vergangenen Jahren. Irgendwelche Gegenstimmen?«

Alle schwiegen beifällig, dann leerte der Bürgermeister ungeduldig sein Glas. »Ans Werk, meine Herren! Wir müssen strategisch denken! Hölzerne Weinpressen, die noch verwendet werden, gibt es meines Wissens nur noch in deinem Keller, Norbert, und in deinem, Sepp, also im unteren Drittel der Kellergasse und ziemlich weit oben. Was gibt's ganz unten, am Anfang herzuzeigen? Weißt du was, Simon?«

»Na ja, vielleicht. Da geht der alte Hans Hornung noch Tag für Tag in den Keller.«

»Perfekt. Dem verpassen wir einen Freund, der auch nicht viel jünger ist. Also: Hans Hornung steht in der Presshaustür, der Herr Kurzbacher gesellt sich zu ihm, und die zwei reden von alten Zeiten. Dann kommt ein Fremder, da nehmen wir meinen Wiener Schwiegersohn, und der lässt sich erzählen.«

Sepp Räuschl hatte indes nach der Flasche mit dem Muskateller gegriffen und schenkte sich ungeniert nach. »Trinken darf er auch, der Fremde?«

»Und ob!« Der Bürgermeister strahlte. »Überall, wo eine Presshaustür offen steht, wird er eingeladen, und es werden viele Presshaustüren offen stehen, und in irgendeinem Keller werd ich auch noch eine größere Verkostungsrunde zuwege bringen. Du, Norbert, erklärst ihm dann, wie eine Baumpresse funktioniert, und bei dir, Sepp, erfährt er zu guter Letzt, wo der liebe Gott wohnt. So viel zur Rahmenhandlung. Aber wir brauchen mehr Personal, viel mehr Personal! Was ist, Simon?«

»Na ja. Ich könnt mir vielleicht Schulkinder von der Karin Walter ausborgen und eine Kellergassenführung machen.«

»Perfekt! Und der Reiter Loisl hat doch vor einer Woche ganz groß den Sechziger im Presshaus gefeiert. Wird er eben noch einmal feiern. Mit Blasmusik. Und Pfarrer. Und... Jetzt hab ich's: der Radwandertag! Die touristische Dimension der Kellergasse! Radler in Massen, promilleträchtige Labestationen! Zähe Greise, fesche Burschen, bezaubernde Wiesbachtalerinnen! Und eine Tombola!«

Friedrich Kurzbacher kratzte sich am Kopf. »Aber der Radwandertag ist doch erst im Spätsommer.«

»Wird vorverlegt, Friedrich. Sollen s' im Sommer noch einmal fahren meinetwegen. Weitere Ideen?«

Nach einer Weile ließ sich Sepp Räuschl mit schwerer Zunge vernehmen. »Der Friedhof ist doch gleich hinter der Kellergasse..., ob wir einen Leichenzug...«

»Nein, Sepp, man kann auch übertreiben. Immer schön schlicht und authentisch bleiben, nicht wahr? Das lernt man in der Politik. Das war's also, meine Herren, darauf trinken wir!«

Polts Gäste blieben noch eine gute Weile im Keller, dann mahnte Norbert Sailer zum Aufbruch, weil er heim zu seiner Frau wollte.

Wenig später standen die Männer vor dem Presshaus in der Kellergasse. Dunkel war es und sehr still, viel zu still.

Tags darauf war Simon Polt wieder in Frau Habesams Kaufhaus tätig. Es gab nicht viel zu tun an diesem Vormittag, daher zeigte sie gebieterisch auf einen Sack mit dunklen gescheckten Bohnen. »Ich glaub, ich bin die Letzte, die so was noch offen verkauft, Simon! Jetzt holst du dir ein großes Sieb und schüttelst das Glumpert durch. Keine Mausbemmerln in meinen Bohnen! Sauber muss es sein und hygienisch, sag ich immer! Übrigens war die Leich im Weingarten ein Fremder. Das weiß ich von der Widl Herta, die es vom Lust Herbert weiß, und der hat's vom ...«

Polt unterbrach sie. »Das hätt ich Ihnen auch sagen können. Übrigens: Da kommt Kundschaft!«

»Zeit war's! Da schau her, die Sailer Birgit! Dass mir die auch einmal die Ehre gibt!«

»Sie haben ja recht, Frau Habesam! Wenn ein privates Geschäft zusperrt, jammern alle. Aber eingekauft wird im Supermarkt. Ich werd mich bessern, versprochen! Hallo, Simon!«

»Grüß dich!«

Frau Habesam rollte auf Polt zu. »Denk an deine Karin und hör auf zu balzen. Was darf's denn sein?«

Birgit Sailer kaufte ein, viel mehr, als sie wirklich brauchte, argwöhnte Polt. Und sie war ziemlich blass. Die junge Frau wandte sich zum Gehen, zögerte. »Du, Simon?«

»Ja?«

»Kommst heute zum Mittagessen? Tät mich freuen.« Sie warf einen scheuen Blick auf Frau Habesam. »Mich und den Norbert.«

Mahlzeit

Mittagessen bei Norbert und Birgit Sailer! Das war natürlich eine vielversprechende Alternative zu Frau Aloisias kulinarischer Verwertung von Altbeständen. Andererseits … Polt empfand mehr Widerwillen denn je, sich mit Polizeiarbeit, geschweige denn mit einer Leiche zu befassen. Nicht zuletzt dank Karin Walter war es ihm ganz gut gelungen, das grausige Bild beiseitezuschieben. Birgit hingegen war es nicht vergönnt auszuweichen. Für sie und ihren Mann gehörte der Tote im Weingarten zum nunmehr bedrückenden Alltag, und Bastian Primls insistierender Eifer würde verlässlich dafür sorgen, dass es dabei blieb. Noch etwas: Norbert Sailer war in den letzten Jahren als Polizist sehr erfolgreich gewesen und stand ganz offen zu seinem Ehrgeiz, es rasch weiterzubringen. Einer wie er weckte nicht nur neidlose Anerkennung im Kreis der Kollegen, und so mancher sah ihn vermutlich – wenigstens für einige Zeit – ganz gerne in einer geschwächten Position. Andere hingegen, die sonst Norbert Sailers Nähe suchten, legten vorerst wohl eher Wert auf eine gewisse Distanz. Menschen mit Problemen waren eben weniger attraktiv, und Polt gestand sich beschämt ein, dass dies auch für Freunde galt. Dennoch gab er sich redlich Mühe, dem Mittagsmahl mit Vorfreude entgegenzusehen, und nahm sich vor, ein mitfühlender und verständiger Gast zu sein.

Die Chancen auf eine glaubwürdige Befolgung seiner guten Vorsätze stiegen merklich, als er, erwartungsvoll schnuppernd, in die Küche kam. »Schweinsbraten, hab ich recht?«

Birgit Sailer lächelte vergnügt. »Mit verboten viel Knoblauch, Simon, und verführerisch flaumigen Semmelknödeln.«

»Wo ist der Norbert?«

»Sollt längst da sein. Eigentlich hat er schon dienstfrei, aber du kennst ihn ja: Bevor nicht alles erledigt ist… Magst ein Bier?«

»Freilich. Macht ja nichts, wenn's ein müder Nachmittag wird, im Kaufhaus.«

»Wie kommst du denn aus mit unserer nachrichtendienstlichen Zentrale?«

»Mit Frau Aloisia? Ganz gut.«

»Ich würd ja gern öfter zu ihr einkaufen gehen. Aber die eine Hälfte vom Sortiment hat überhaupt kein Ablaufdatum, und bei der anderen liegt es ziemlich weit zurück.«

»Sie wirft halt nicht gern was weg. Aber ihr Kaufhaus ist schon eine eigene Welt, allein der Geruch, diese Mischung aus Kernseife, Leberkäs und Schokobananen – und jeden Tag riecht's wieder ein bissl anders. Das richtige Biotop für einen dörflichen Dinosaurier, wie ich einer bin.«

»Hoffentlich stirbt deine Gattung noch lang nicht aus, Simon! Weißt was? Wir essen jetzt einmal. Meine Begabung für die Rolle einer duldsam wartenden Ehefrau ist denkbar gering.«

»Wie du meinst, Birgit.«

Simon Polt schluckte mit unfrommer Andacht den letzten Bissen hinunter, tastete verstohlen nach seinem Gürtel und machte ihn ein Loch weiter. »Kompliment, Birgit! Das war endlich wieder einmal was Ordentliches.«

»Musst halt öfter kommen.«

»Wie schaut denn das aus, wenn der Hausfreund dauernd in der Küche sitzt! Und jetzt ganz offen, Birgit: War's ein arger Schrecken für dich, vorgestern Abend?«

»Was soll ich sagen. Du kennst ja den Norbert. Seine sachliche Art, mit so was umzugehen, hat es mir erst einmal leichter gemacht. Aber geschlafen hab ich nicht viel in dieser Nacht und in der nächsten noch weniger.«

»Warum eigentlich?«

»Weil etwas dazugekommen ist. Der Norbert meint, du kannst es ruhig wissen, als Freund und ehemaliger Kollege. Sogar dieser Eigenbrötler von Priml hat ja für den Anfang seine Informationen an alle in der Dienststelle weitergegeben und um breite Unterstützung gebeten. Umso besser kann er sich später im Alleingang wichtigmachen und einen gegen den anderen ausspielen. Sag halt nicht weiter, dass auch du Bescheid weißt.«

»Wo werd ich! Erzähl schon.«

Birgit schaute Polt forschend ins Gesicht. »Soll ich wirklich? Du hast doch als Gendarm aufgehört, weil du nichts mehr zu tun haben willst mit solchen Sachen.«

»Stimmt schon. Aber warum es dir nicht gutgeht und dem Norbert wahrscheinlich nicht viel besser, möcht ich trotzdem wissen.«

»Danke, du! Also, ich fang von vorn an, damit du dir ein Bild machen kannst. Noch weiß niemand, wer der Tote ist, hat mir der Norbert erzählt. Und ... du hast ihn ja gesehen: Teure Markenkleidung, aber unaufdringlich. Modisch eben, recht locker und individuell, und das bis ins Detail: feine Zwirnsocken und die Unterhose von Calvin Klein.«

»Kenn ich nicht.«

Birgit Sailer kicherte. »Hätt mich auch gewundert. Die Frau Habesam führt ja nur Doppelripp, mit Eingriff.«

»Birgit!«

»Ich hör ja schon auf. Papiere hat man keine gefunden, aber Münzen und ein paar hundert Euro, lose eingesteckt. Und dann war da noch ein Taschenbuch. Wart, jetzt muss ich nachschauen …, alle Kollegen haben Fotokopien bekommen. Ich hab's schon … *Yoshida Kenko, Betrachtungen aus der Stille*. Eine Textstelle ist angestrichen, ein Gedicht. Ich les es dir vor: *Meiner Geliebten / Gartenhecke sehe ich / kläglich verfallen / nun wuchern Veilchen hier / mit wilden Tsubana vermischt.* – Zum Weinen schön, nicht wahr?«

»Traurig jedenfalls.«

»Ja, sehr. Auf der Glasscherbe, die schon dem Norbert aufgefallen ist, sind nur die Fingerabdrücke des Toten. Alles deutet auf Selbstmord hin. Nur etwas nicht, Simon, etwas nicht. Ein kleines Notizbuch ist auch noch gefunden worden, mit einer einzigen Eintragung: *N. u. Birgit Sailer*. Dazu unsere Telefonnummer. Da, schau einmal! Das hier ist eine Fotokopie von der Seite.«

»Oh, verdammt. Wie in aller Welt …«

»Ja, wie? Der Priml wollte natürlich von meinem Mann wissen, was er dazu sagt. *Nichts* war die Antwort vom Norbert. Jetzt weißt du, warum ich nicht schlafen kann, Simon. Und darum frag ich dich: Wie kommt dieser Mensch in unseren Weingarten, und wie kommt diese Eintragung ins Notizbuch?«

»Da fragst du mich zu viel, Birgit. Man könnt fast auf die Idee kommen, als hätte euch jemand was antun wollen.

Aber wozu das ganze Theater? Trotzdem, denk einmal nach: Hat der Norbert irgendwelche Feinde?«

»Feinde, Feinde ..., tüchtig ist er halt, und das gefällt nicht jedem.«

»Was sagt er dazu?«

»Kein Wort. Das ist immer so, wenn es hart auf hart geht, du kennst das ja auch von ihm. Vielleicht erzählt er dir trotzdem mehr. Wenn er nur schon da wäre! Ja ... und für morgen um neun hat mich der Priml vorladen lassen. Was soll ich diesem Menschen sagen, Simon, was?«

»Die Wahrheit. Ist immer noch das Einfachste.«

Birgit Sailer schwieg. Polt schaute ihr freundlich ins Gesicht, glaubte ein winziges Lächeln zu sehen, das nach und nach aber härtere Konturen bekam, erstarrte und zerbrach. Birgit heulte drauflos, nahm sich aber bald mit einem heftigen Kopfschütteln zusammen. »Ich blöde Gans! Entschuldige, Simon. Wie kommst du dazu! Natürlich hast du recht. Predigt mir mein Mann ja auch immer, das mit der Wahrheit. Er wird schon wissen warum. Frauen sind doch wirklich das Letzte.«

»Find ich nicht.«

»Ja, wenn man eine Karin hat ... Hast sie schon gefragt, Simon?«

»Wie? Was? Ach so ... ja, schon.«

»Und?«

»Würde ich wirklich wollen, hätt ich schon früher gefragt, meint sie.«

»Hm. Gar so unrecht hat sie damit nicht. Aber das war mehr eine Reflexhandlung, wetten? Dein Sturmangriff ist elegant beantwortet, und jetzt denkt sie nach.«

»Also von wegen Sturm…«

»Egal. Und jetzt ist mir nach Wein. Stoßen wir drauf an, Simon, dass bald alles vorbei ist?«

»Ja, gern, natürlich!«

Polt beobachtete Birgit Sailer, wie sie die Flasche öffnete und die Gläser füllte: Schlank und groß war sie, aber nicht mager, kurz geschnittenes, strohblondes Haar und wasserblaue Augen. Eigentlich passte sie nicht recht ins Wiesbachtal. Zu ihrem Norbert passte sie aber sehr wohl.

Die Flasche war halbleer, als Birgit Sailer ihr Glas von sich wegschob. »Schluss damit, sonst werd ich auch noch sentimental. Also jetzt einmal ganz vernünftig gefragt: Zufall kann das alles keiner sein. Aber was war es dann? Dieser Priml wird mir ein Loch in den Bauch fragen, Simon. So eine Laus, sag ich dir. Ganz ehrlich, du hast ja viel Erfahrung: Wie geht's dir mit dieser Geschichte?«

»Gar nicht, offen gesagt. Die Indizien liegen halt schon sehr auffällig da. Warum das so ist, darfst du mich nicht fragen.«

»Der Norbert sagt, dass sie ein Foto von dem Toten ins *Illustrierte Heimatblatt* geben wollen.«

»Warum auch nicht? Vielleicht kennt ihn ja doch jemand bei uns. Soll ich mich umhören, bevor sich die Polizei unnötig wichtig macht?«

»Das wirst du schön bleibenlassen, Simon. Wenn der Priml etwas davon bemerkt, haben wir erst recht Feuer am Dach.«

»Stimmt schon, Birgit. Aber wenn du irgendwann was brauchst von mir, sag's einfach, ja? Und ich geh dann. Sonst krieg ich noch die Kündigung von meiner Aloisia.« Polt stutzte, als er Norbert Sailers Stimme von der Küchentür her hörte.

»Einer geht, einer kommt, so ist das eben, wenn Frauen Vielmännerei betreiben.« Er warf einen Blick auf Birgit, auf die Weinflasche und die Gläser. »Ein konspiratives Treffen, wie ich sehe. Ist doch gut, wenn ein Ehemann ab und zu nach dem Rechten schaut. Im Ernst, Simon…, möcht gar nicht wissen, was ihr geredet habt. Wird schon was Gescheites gewesen sein. Danke jedenfalls!«

Verdächtig

Mit schlecht gespieltem Diensteifer betrat Polt Frau Habesams Kaufhaus. Doch auch diese Andeutung von Beflissenheit hätte er sich sparen können: Seine Arbeitgeberin war nicht zu sehen. Er hielt vergeblich in der Büro-Küche und im Lagerraum Nachschau. Von dort aus, wusste Polt, führte eine Tür in die ihm unbekannten Wohnräume der Kauffrau. Zögernd klopfte er, öffnete die Tür und fand sich in Frau Aloisias Schlafzimmer wieder. Weiß gekalkte Wände, schwere Möbel aus polierter Eiche, ein nächtens bei Mondschein röhrender Hirsch im schwarz-goldenen Rahmen, in der Luft ein intensiver Geruch nach Bodenwachs und Lavendel, etwas Weihrauch dazu. Frau Habesam, offenbar bemüht, mit dem Griff ihrer Krücke etwas unter dem Bett hervorzuholen, drehte sich zu Polt um. »Na endlich kommst du. Hilf mir! Da ist eine große Schachtel, die möcht ich haben.«

Polt kniete nieder und zog den dick mit Staub bedeckten Karton hervor.

»Geh ins Bad, Simon, wisch ihn ab und komm wieder. Händewaschen nicht vergessen. Wie du ausschaust, genierst dich gar nicht? Und dann stellst du die Schachtel auf den Küchentisch. Verstanden?«

»Aber ja, Frau Aloisia.«

»Also, was haben wir denn da?« Sie hatte den Deckel abgehoben und holte ein Fotoalbum hervor. »*Ehe und Familie*. Uninteressant. Den Meinigen hab ich zu Lebzeiten oft genug gesehen. Ah ja: *Nachkriegszeit*.« Sie blätterte. »Schau einmal her, Simon, der fesche Russ da in Uniform! Der war ohne Uniform noch fescher, ich mein ganz ohne irgendwas.«

»Aber!«

»Waren andere Zeiten.« Sie klappte das Album frohgemut zu. »Und das da! Ganz etwas Besonderes, hab ich von den Eltern geerbt: *Heim ins Reich!* Siehst du die vielen Hakenkreuzfahnen? Alle waren dafür. Waren andere Zeiten. Ah ja. Das hab ich gesucht: *Feste und Feiern*. Wart ein bissl. Na bitte! Schau dir das an. Ich glaub, das war beim Kirtag, Ende der siebziger Jahre.« Sie deutete auf ein Foto, das eine junge Frau in Jeans und T-Shirt zeigte, ein kleines Mädchen im Volksschulalter an der Hand, abstehende Zöpfe wie Pippi Langstrumpf. »Die Zillinger Hilde, Simon, und ihr Mäderl, die Birgit!«

»Birgit?«

»Ja, genau die. Die Hilde hat in Wien studiert, ich weiß nicht was, hauptsächlich Männer, glaub ich. Jedenfalls hat sie sich bei der Gelegenheit ein Kind eingefangen. Später war s' dann mit dem Wieniger Walter zusammen, ein Lehrer, so ein linker Spintisierer. Er ist dann nach Salzburg, sie ist mit ihrer Tochter dageblieben. Vor ein paar Jahren ist sie gestorben, da war die Birgit schon verheiratet.«

»Und sie hat's ganz gut getroffen, nicht wahr?«

»Schaut so aus.« Frau Habesam löste das Foto vom Karton. »Da hast, gib's ihr bei Gelegenheit. Wird sie freuen. Was hat sie denn erzählt, die Birgit? Und war der Norbert wirklich dabei?«

»Nach dem Essen ist er gekommen.«

»Hab ich mir so gedacht. Und? Neuigkeiten?«

»Keine zum Weitererzählen, Frau Habesam. Also für mich schaut die Geschichte nach Bosheit oder gar Rache aus. Aber wer tut so was?«

»Der Peter Rohringer.«

»Von dem hör ich das erste Mal, im Zusammenhang mit dem Norbert, mein ich.«

»Wird aber noch öfter der Fall sein. Hat die Birgit nicht von ihm erzählt?«

»Nein.«

»Versteh ich nicht. Der Rohringer ist ein Weingartennachbar vom Norbert.«

»Da schau her! Ich kenn ihn nur als Weinpantscher, wie er im Büchl steht.«

»Auch sonst ein Haderlump, Simon, das kannst du mir glauben. Und mit dem Kellerei-Inspektor gibt's eine Schreierei nach der anderen.«

»Aber das hat nichts mit dem Norbert zu tun.«

»Schon! Der Rohringer hat den Norbert im Verdacht,

dass er ihn angezeigt hat, wegen seiner Betrügereien, und nicht nur einmal. Erzählt er ja jedem, der's wissen will, und dem, der's nicht wissen will, erst recht. Wenn der Rohringer dem Norbert was antun könnt, dann tät er's. Da kannst Gift drauf nehmen. Was sagst denn nichts, Simon?«

»Ich denk nach.«

»Und was kommt dabei heraus?«

»Wenig.«

Gegen Abend kam Polt nach Hause und wollte gerade das Hoftor aufsperren, als er hinter seinem Rücken Bastian Primls Stimme hörte. »Grüß Gott, Herr Polt!«

»Grüß Sie, Herr Bezirksinspektor. Wieder einmal in Burgheim? Immer noch dieser Leichenfund, wie?«

»Ja, immer noch. Könnten wir miteinander reden? Jetzt gleich, hier, bei Ihnen?«

»Das ist mein freier Abend, und Sie wollten mich ja sowieso nach Breitenfeld vorladen.«

»So ist es. Inzwischen weiß ich, dass Sie kein Auto haben, und dachte, es sei angebracht, Ihnen entgegenzukommen.«

»Also meinetwegen – bitte!« Polt ging voran, begrüßte seinen Kater, fütterte ihn und wandte sich dann dem Polizisten zu, der inzwischen am Küchentisch Platz genommen hatte. »Und?«

Priml schaute sich um. »Recht schlicht, Ihre Behausung, wie?«

»Gemütlich.«

»Verstehe. Sie brauchen jetzt nicht zu antworten. Wenn Sie es dennoch tun, kann ich mir ein besseres Bild von Ihnen machen. Unsere Akten geben über die näheren Umstände Ihres damaligen Ausscheidens aus der Gendarmerie nur wenig Auskunft. Können Sie mir weiterhelfen?«

»Kann ich nicht.«

»Ihr gutes Recht, Herr Polt. Der Fall, den Sie damals bearbeitet haben, wurde – ich will es einmal euphemistisch formulieren ...«

»Euphe ... was?«

»Wohlklingend. Der Fall wurde nur andeutungsweise geklärt.«

»Das ist oft so.«

»Bedauerlicherweise ja. Aber wir arbeiten hart daran, das zu ändern. Um das leidige Thema abzuschließen: Liege ich sehr weit daneben, wenn ich den Herrn Polt als Menschen einschätze, dem seine eigene Überzeugung manchmal wichtiger ist als der Buchstabe des Gesetzes?«

»Da können S' schon recht haben, irgendwie.«

»Sehen Sie! Schon sind wir weiter. Sie waren heute Mittag bei Frau Sailer?«

»Warum fragen Sie, wenn Sie's wissen? Ich bin mit dem Ehepaar befreundet, seit vielen Jahren.«

»Und es gibt jetzt natürlich viel zu besprechen. Ist ja auch wirklich – nun, wie soll ich sagen – irgendwie verhängnisvoll für den Herrn Kollegen, dieser Fall.«

»Würd ich nicht meinen. Unangenehm halt.«

»Ansichtssache. Ich hoffe, dass Sie Verständnis dafür haben, wenn ich Sie ersuche, unsere Ermittlungsarbeit nicht zu stören.«

»Tu ich das?«

»Nein. Noch nicht.«

»Na also. Wie weit ist die Sache denn?«

»Ich kann Ihnen nur empfehlen, sich aus den Medien zu informieren wie alle anderen Staatsbürger auch. Sie sind nicht mehr Teil der Exekutive, Herr Polt.«

»Gott sei Dank.«

»Gibt es irgendetwas, das Sie mir sagen wollen? Ich meine, wo Sie doch den Kollegen Sailer so gut kennen?«

»Ich hab Hunger und mach mir jetzt ein Abendessen. Das will ich Ihnen sagen.«

»Verstehe. Bis bald.«

Polt war wütend und fühlte sich bedrängt, noch dazu zwischen den eigenen vier Wänden. Er aß rasch ein Wurstbrot und verließ dann das Haus. Verblüfft fand er sich Minuten später vor der versperrten Tür des ›Kirchenwirtes‹ wieder: Er hatte nach jahrelang eingeübter Gewohnheit hier ein schnelles Bier trinken wollen. Alter Depp, dachte Polt, grinste und fühlte sich besser. Gut, dann eben die Kellergasse. Die Tür von Norbert Sailers Presshaus stand offen. Er trat ein und ging durch das kleine menschenleere Gebäude in den matt erleuchteten Keller. Auch hier war niemand zu sehen. »He, Norbert, bist du da? Ich bin's, der Simon!«

»Das nenn ich einen willkommenen Besuch!« Die Gestalt seines Freundes löste sich aus dem Dunkel eines Seitenganges. Sailer hielt eine Pistole in der Hand. »Nicht erschrecken, Simon! Du weißt ja, dass ich mir hier unten einen Schießplatz eingerichtet hab. Stört niemand, gefährdet niemand.«

»Eigentlich hab ich nie verstanden, warum. Ist es denn gar so lustig, das Schießen?«

»Ganz und gar nicht. Dass ich meinen Beruf als Polizist ernst nehme, weißt du ja. Und manchmal, sehr selten, aber doch, kommt es zum Waffengebrauch. Und auf solche raren Momente will ich vorbereitet sein. Ich will mit der Waffe so selbstverständlich hantieren, als wär's die verlängerte Hand. Das Schießen muss für mich alltäglich sein. Nur so kann ich im Ernstfall ruhig, genau und angemessen handeln. Verstehst du?«

»Ja, schon, irgendwie.«

»Ich weiß schon, Simon. Du hast es wundersamerweise fertiggebracht, die Waffe nie in die Hand nehmen zu müssen. Tolle Leistung. Aber die Zeiten werden härter und die Menschen aggressiver. Doch lassen wir das.« Er hielt Polt die Pistole hin. »Magst einmal probieren?«

»Tu mir das nicht an, Norbert.«

»Aber du trinkst was mit mir?«

»Klingt schon besser.«

»Schön! Wart hier, ich sperr nur schnell meine Artillerie sicher weg.«

Polt schaute sich um, er war lange nicht mehr hier gewesen. Norbert Sailers Keller war recht groß. Der gerade, geräumige Mittelteil war so hoch und weit gewölbt, wie es der Löss zuließ. Davon zweigten im rechten Winkel weitere Kellerröhren ab. In einer davon, der ersten linker Hand, standen ein massiver Eichentisch und vier Stühle. Polt nahm Platz.

Bald darauf kam Norbert Sailer, brachte zwei Flaschen und zwei Gläser mit, öffnete, goss ein. »Ein Sauvignon Blanc, Simon. Mein Weinbaubetrieb ist klein, das macht es schwierig, ist aber auch reizvoll. Man darf halt nicht tun, was alle tun. Aber jetzt kosten wir erst einmal. Was sagt meine Nase dazu? Grüne Tomate, Paprikaschote, ein Hauch schwarze Ribisel.«

Polt schaute, roch, kostete. »Also, mir schmeckt er.«

»So soll es sein. Weißt du, mit meinen kleinen Mengen kann ich's mir leisten, Nischen zu besetzen. Und dann noch die alte Baumpresse … Seit Jahren schon tüfteln sie an der neuesten Technik herum, und jetzt sag ich dir, was dabei herausgekommen ist: eine Maschine, die elektronisch gesteuert ganz sanft von oben auf die Maische drückt. Und genau das kann mein gutes altes Stück aus dem Jahr 1886 auch, womöglich sogar besser, weil menschliches Gespür im Spiel ist, das Gefühl für den richtigen Augenblick, die sensibel dosierte Kraft. So, austrinken, jetzt kommt noch mein Roter, ein Portugieser. Was sagst du zu der Farbe, Simon?«

»Nicht schlecht, erstaunlich sogar. Wie ist dir das gelungen?«

»Auf einer Riede am Hutberg oben hab ich zum Verschneiden ein Eck Rösler ausgepflanzt, eine Züchtung aus Wildreben und Zweigelt, sehr farbintensiv und auch sonst wie geschaffen für den Portugieser – verstärkt einfach alle guten Eigenschaften. Ganz abgesehen davon ist diese Rebsorte sogar teilresistent gegen Pilze. Gar nicht so unwichtig in einem Jahr wie dem vergangenen. Prost, Simon!«

»Lass dir Zeit mit dem Trinken, Norbert.«

»Würd ich ja gern, wenn ich Zeit hätte. Die Birgit wartet auf mich mit dem Abendessen, und ich muss mir rasch die nötige Bettschwere holen, sonst bekomm ich den Ärger von heute nicht weg. Peinlich, so was, bei einem kontrollierten Menschen, wie ich einer bin, nicht wahr?«

»Ach wo. Jeder, wie er's braucht. Kann ich dich trotzdem noch schnell was möglicherweise Ärgerliches fragen?«

»Aber ja. Darauf kommt es auch nicht mehr an.«

»Also, dein Weingartennachbar, der Peter Rohringer…, die Frau Habesam hat mir erzählt.«

»Der Rohringer? Ein ganz spezieller Freund von mir. Früher hat er auf Massenträger gesetzt, hat den Wein gewässert, dass es nur so eine Freude war, das Aroma künstlich aufgebessert, was weiß ich, alles, was Gott verboten hat, vom Gesetzgeber ganz zu schweigen. Als dann mit der Menge kein Geschäft mehr zu machen war, hat er wie wild Sorten verschnitten und einen prominenten Namen aufs Etikett geschrieben, auch wenn kaum was von der betreffenden Sorte drin war. Ja, und das Finanzamt betrügt er seit eh und je. Ich hab ihm das Vergnügen ein paar Mal vermasselt. Kein Wunder, wenn er einen ordentlichen Hass auf mich hat.«

»Und jetzt nur so eine Idee, Norbert: Der Rohringer findet irgendwo die Leich von einem Selbstmörder und legt sie aus Rachsucht in deinen Weingarten…«

Sailer starrte Polt wie gebannt ins Gesicht. »Unwahrscheinlich…, aber nicht unmöglich, nur… es müsste Spuren geben: altmodische am Boden oder DNA. Mir egal. Der Priml weiß ohnehin alles besser. Übrigens, Simon: Er steht auf der Kellerstiege, der Herr Kollege.«

Männer

Polt glaubte zu spüren, dass es im Keller um einige Grad kälter geworden war. Priml ging langsam nach unten. Er blickte suchend um sich. Als er Polt und Sailer entdeckte, ließ er ein unfrohes Lachen hören. »Ein Kollege in Nöten im trauten Zwiegespräch mit einem abgehalfterten Gendarmen! War halb so ernst gemeint, Männer, ich bin nicht mehr im Dienst. Ist es gestattet?« Er nahm Platz. Norbert Sailer warf ihm einen flüchtigen Blick zu. »Wollen Sie was trinken?«

»Nein, danke. Wollen vielleicht schon, aber ich darf nicht – tut mir nicht gut. Ich war Alkoholiker vor Jahren. Ein Tropfen und ich bin's wieder. Also, ich will ehrlich sein. Bin ich eigentlich immer. Herr Polt hat mich recht brüsk seines Hauses verwiesen. Also wollte ich gerne wissen, wohin es ihn an diesem Abend noch so treibt.«

»Warum hat Sie das interessiert, Herr Priml?«

»Bluthundinstinkt.«

»Kann ich nachvollziehen. Und jetzt?«

»Jetzt würde ich viel darum geben, könnten Sie Ihr Gespräch dort fortsetzen, wo ich Sie unterbrochen habe.«

»Auf die Idee, dass Sie zudringlich sein könnten, sind Sie noch nie gekommen?«

»Kann ich mir in meinem Beruf nicht leisten.«

»Können Sie sehr wohl. Mein Freund Simon zum Beispiel hat als Gendarm die Kunst, wenig zu fragen und viel zu erfahren, meisterhaft beherrscht. Und weil er immer die Privatsphäre geachtet hat, ist auch er geachtet worden.«

»Man sieht ja, wie weit er damit gekommen ist.«

»Ja, verdammt noch einmal, Sie ...«

»Ruhig Blut, Herr Sailer. Ich bin wohl zu weit gegangen. Bitte entschuldigen Sie. Mein Gott, ich würde ja gerne mit euch da unter der Erde sitzen, trinken, über die Weiber reden, oder über ein anderes Männerthema. Doch so bin ich wohl fehl am Platze, wie es vermutlich ja auch die Leiche in Ihrem Weingarten war. Dieser verdammte Regen hat uns die Spurensuche übrigens nicht gerade erleichtert. Wollen Sie Näheres wissen?«

Simon Polt stellte sein Glas hörbar auf den Tisch. »Danke, nein. Wir werden es ja dann aus den Medien erfahren, hab ich recht?«

Priml lächelte dünn. »Diese Runde geht an Sie.« Er schaute sinnend ins Halbdunkel. »Aber eine Frage sei mir doch gegönnt: Was treibt einen Mann dazu, sich in ein Loch unter der Erde zu verkriechen, in dem es nach Fäulnis und Tod riecht?«

Polt sah, wie sich Norbert Sailers Augen verengten. »Vielleicht, weil hier der Eigengeruch mancher Besucher nicht mehr so unangenehm auffällt.«

»Gut pariert, Herr Kollege. Wir müssen leider manchmal so riechen, wie? Der Strick gehört nun einmal zum Henker. Es gibt einen Schießplatz hier unten, habe ich gehört. Darf ich ihn sehen?«

»Nein.«

»Gut. Dann ist mir die Vermutung gestattet, dass es möglicherweise etwas zu verbergen gilt in diesem Keller.«

»Möglicherweise. Aber Sie werden es nicht erfahren.«

»Ach ja?«

»Ach ja. Das ist mein Keller und mein privates Leben. Machen Sie, dass Sie fortkommen.«

»Und Sie meinen das so, wie Sie es sagen, Herr Sailer?«

»Hinaus mit Ihnen! Rasch auch noch.«

Priml stand wortlos auf und wandte sich zum Gehen.

Auch der Weinbauer war aufgestanden, begleitete seinen ungebetenen Gast bis zur Kellerstiege und schaute ihm nach. Dann kehrte er zum Tisch zurück. »Weg ist er, Simon. Noch eine Sekunde länger und mir wär die Hand ausgerutscht. Und nicht nur einmal.«

»So kenn ich dich gar nicht. Ob das klug war?«

Norbert Sailer trank sein Glas mit einem Zug leer. »Klug war das nicht. Hat mich aber ungemein erleichtert. Und morgen, auf der Dienststelle, wenn ich wieder Polizist bin, gehen wir dann ja ohnehin so was von korrekt miteinander um.«

»Deine Frau wird auch dort sein, gleich in der Früh.«

»Ja. Möchte wissen, was das schon wieder soll. Was hat die Birgit damit zu tun? Verdammte Scheiße.«

»Vielleicht macht's dem Priml Spaß, wenn er Schwächere in die Zange nehmen kann.«

»Das mag auf andere schon zutreffen. Aber pervers ist der Priml nicht. Nur kalt. Außerdem ist die Birgit nicht schwach, ganz im Gegenteil. Der wird sich noch wundern!«

»Norbert, es geht mich nichts an. Aber das Abendessen …, und du brauchst morgen einen klaren Kopf … Wär's nicht g'scheiter …«

»Klar wär's g'scheiter.« Norbert Sailer füllte sein Glas. »Du auch, Simon?«

»Lieber nicht.«

Polt saß schweigend da und betrachtete seinen Freund, der sich ohne Hast, doch mit einiger Zielstrebigkeit betrank. Wirkung war keine zu erkennen. Allenfalls wurden Norbert Sailers Bewegungen noch ruhiger und genauer, in seinem Gesicht verstärkte sich der Ausdruck von Entschlossenheit, vielleicht auch von Härte. Polt spürte eine Berührung am Unterarm. »Geh dann, Simon, ich brauch noch eine Weile, bis ich so weit bin, und dabei lass ich mir nicht gerne zuschauen. Du kannst beruhigt sein. Ich bin zu Fuß unterwegs.«

»Ja dann! Soll ich deiner Frau Bescheid sagen, dass du später kommst?«

»Untersteh dich, Witwentröster! Du musst dich nicht in alles einmischen.« Jetzt lachte Sailer. »Bis morgen …«

Simon Polt zögerte, gab sich einen Ruck und ließ den Mann im Keller mit sich und seinem Glas allein.

Draußen war es kühl und feucht, leichter Wind, Nieselregen. Polt verharrte vor Sailers Presshaus, sah lange Reihen weißer Gebäude einander gegenüberstehen, mit kleinen, dunklen Fensteröffnungen. Nirgendwo Licht, nirgendwo Leben, nur die Straßenlampen brannten Löcher in die Nacht. Doch in einem Presshaus und in einem Keller war es hell. Polt konnte nur hoffen, dass es eine Helligkeit war, in der letztlich alles zu einem guten Ende kam. Langsam ging er auf das Dorf zu.

»Oh, tief in Gedanken?«

Polt blieb erschrocken stehen und erkannte Bastian Priml. »Sie, noch immer hier?«

»Schon wieder. Ich dachte daran, dass Alkohol die Zunge löst. Vielleicht komme ich zu später Stunde ja doch noch mit Herrn Sailer ins Gespräch, rein privat, versteht sich.«

»Einen feuchten Dreck werden Sie …«

»Was für eine Ausdrucksweise! Sind Sie betrunken, Herr Polt?«

»Keine Rede davon. Also, in aller Ruhe: Sie kommen ja

aus der Stadt, Herr Priml, da wird Ihnen viel fremd sein bei uns im Wiesbachtal.«

»Mehr, als mir lieb ist.«

»Die Tür von Norbert Sailers Presshaus ist zu, auch wenn er noch im Keller sitzt. Und das bedeutet, dass er seine Ruhe haben will. Jeder respektiert das bei uns.«

»Ich kann mich ja darauf ausreden, wieder einmal keine Ahnung zu haben.«

»Das ändert nichts. Bitte, glauben Sie mir, Herr Priml: Wenn Sie jetzt den Norbert im Keller aufsuchen, gibt's einen Wirbel, der Sie beide in Schwierigkeiten bringt.«

»War das eine Drohung?«

»Nein, natürlich nicht. Und jetzt einmal ganz offen. Ich weiß nicht, was Sie von dem Norbert hören wollen. Die Sache ist so und so verdammt unangenehm für ihn und erst recht für die Birgit.«

»In der Tat. Vielleicht will ich ihm helfen, die Sache abzukürzen, ganz ohne Dienstweg? Dann möchte ich aber mehr von ihm hören als vorsichtig formulierte Sachverhaltsdarstellungen.«

»Zum Beispiel?«

»Was es mit dem Peter Rohringer wirklich so alles gegeben hat, in letzter Zeit.«

Polt überlegte kurz. »Das können S' genauso gut von mir erfahren, Herr Priml.«

»Jetzt auf einmal?«

»Sie haben mich bisher ja nicht gerade dazu ermuntert, Ihnen zu helfen.«

»Zugegeben.«

»Und auch jetzt tu ich's nicht Ihnen zuliebe, sondern um

zu vermeiden, dass heute noch was Saublödes passiert. Sie werden den Norbert in Ruhe lassen, wenn Sie Ihre Informationen haben?«

»Heute Abend ja.«

Polt berichtete, Priml hörte aufmerksam zu und stellte ein paar Zwischenfragen. Dann seufzte er. »Nicht viel Neues für mich dabei. Aber jetzt sagen Sie einmal: Warum hat uns Ihr Freund nicht schon längst diesen wunderbaren Todfeind auf dem Silbertablett serviert?«

»Nicht seine Art, wissen Sie? Er wird den Eindruck vermeiden wollen, dass er dem Rohringer eins auswischen will.«

»Hm. Einigermaßen plausibel. Was haben Sie heute noch vor, Herr Polt?«

»Schlafengehen. Und Sie?«

»Ich werde mich in mein freudloses Mietzimmer zurückziehen, schlecht gelaunt in die Nacht starren und den Umstand verfluchen, dass es mir nicht gegönnt ist, mich zu betrinken. Leben Sie wohl, Herr Polt.«

Wiedersehen

Simon Polt hatte Kaffee gekocht, einen, der seinen Namen verdiente im Gegensatz zu Frau Habesams wässriger Ersatzlösung. Daneben lagen ein Butterbrot von respektablen Ausmaßen, ein Stück Selchfleisch, das vom Abendessen übrig war, und das *Illustrierte Heimatblatt*. Ah ja, seit geraumer Zeit fand der Redakteur Gefallen an *tickenden Zeitbomben*. Überall im Lande tickte es seitdem: im Breitenfelder Stadtrat, in den Schlaglöchern eines sanierungsbedürftigen Zufahrtsweges, im Kopf eines rebellischen Landespolitikers oder auch in den Büchern jenes Sparvereins, der nach einem erotisch aufgeladenen Konflikt zwischen zwei Funktionärinnen mit panikartigen Geldentnahmen der Mitglieder zu kämpfen hatte. Diesmal tickte die bekanntermaßen baufällige Friedhofsmauer in Breitenfeld. Und dann Kids, überall *Kids*: Kids, Teig knetend beim Ausflug in die Pizza-Bäckerei, Kids, andachtstanzend beim Pfarrkränzchen, und Kids, singend beim Frühjahrskonzert in der Grenzlandhalle. Kein Wunder, dass es Karin Walter an *Kindern* für ihre Schule fehlte. Feuerwehrleute hatten ein paar kleinere Brände bekämpft, doch immer öfter waren sie damit beschäftigt, die grausigen Reste von Verkehrsunfällen zu beseitigen. Das Leben hatte an Tempo gewonnen, auch in dieser ruhigen Ecke Österreichs, doch keineswegs an Qualität, argwöhnte Polt. Ein Gemeinderat warf seinem Bürgermeister demokratiepolitische Defizite vor, obwohl die beiden Sonntag für Sonntag am selben Stammtisch saßen, eine Künstlerin sorgte mit einem Eichenholz-Phallus, den sie ausgerechnet am Galgenberg aufgestellt hatte, für Aufsehen und Empörung, und der FC Brunndorf hatte deutlich gegen einen ungleich stärkeren Gegner gewonnen: *Brunndorf, der Giganten-Killer*.

Jene drei, vier Seiten, die über Geschehnisse im Wiesbachtal berichteten, waren ziemlich weit hinten gereiht. Es dauerte also eine Weile, bis Polt auf das Foto des Toten im Weingarten von Norbert Sailer stieß. Er hatte erwartet, es bald einmal zu sehen, war nun aber doch ein wenig erschrocken. Zur Überschrift *Wer ist dieser Mann?* kam ein kurzer Text, der – ohne Sailer namentlich zu nennen – über den

Fundort informierte und im Namen der Polizei um Hinweise aus der Bevölkerung bat. Polt riss das Bild heraus, steckte es in die Rocktasche und legte grübelnd die Zeitung aus der Hand. Jetzt würde Bewegung in die Sache kommen – oder auch nicht. Und der Norbert hatte vermutlich schon gestern Abend von der Veröffentlichung des Bildes gewusst. Natürlich musste er damit rechnen, jetzt erst recht ins Gerede zu kommen.

Polt schaute auf die Uhr und machte sich auf den Weg nach Burgheim. Die Tür von Frau Habesams Kaufhaus war schon geöffnet, und er fand seine Arbeitgeberin in der kleinen Küche vor, wo sie lesend saß. »Guten Morgen! Heut bin ich pünktlich, nicht wahr?«

Sie blickte auf. »Wie ist dir denn das passiert, Simon? Na ja, egal.«

Polt setzte sich zu ihr. »Mit Verlaub, Frau Aloisia, aber heute schaun zur Abwechslung Sie irgendwie merkwürdig drein.«

»So? Wie?«

»Ungefähr wie mein Kater, wenn's draußen blitzt und donnert.«

»Sehr charmant, der Herr. Hast das Foto auch schon gesehn, Simon?«

»Ja, klar.«

»Was sagst du?«

»Wenig. Ist ja sozusagen ein alter Bekannter von mir. Und Sie, Frau Aloisia? Fällt Ihnen irgendwas ein dazu?«

»Mir? Was soll ich alte Frau mit so einem jungen Feschak? Da musst du schon andere fragen, Simon.«

»Zum Beispiel?«

»Jüngere. Denken musst du selber. Wie wird es jetzt weitergehen?«

»Da bin ich überfragt. Aber wie ich diesen Priml einschätze ...«

»Priml? Kenn ich nicht.«

»Ein Neuer in der Burgheimer Polizeidienststelle. Ich weiß nicht, was ich von ihm halten soll, aber etwas ist klar: Locker lässt so einer nicht. G'scheit ist er und gleichzeitig patschert – ich mein im Umgang mit den Leuten hier.«

»Genau so einer hat uns noch gefehlt im Wiesbachtal.« Frau Habesam strich sich mit fahriger Hand über die Stirn. »Geh zur Küchenkredenz, Simon, da steht rechts oben eine Flasche Magenbitter. Bringst mir ein Stamperl? Aber kein kleines, wenn ich bitten darf!«

Polt stand auf. »Regt zum Saufen an, dieser Fall, wie's ausschaut.«

Die Kauffrau gab keine Antwort, trank stattdessen ungeniert das halb gefüllte Achtelglas leer und starrte vor sich hin. »Wir werden ja sehen, was wir sehen werden«, sagte sie dann wie im Selbstgespräch. »Und dich, Simon, möcht ich heute eigentlich nicht mehr sehen. Nichts für ungut, aber manchmal sehen zwei Augen mehr als vier. Verstehst?«

»Nein.«

»Hab ich mir gedacht. Und jetzt geh mit Gott, aber geh.«

»Hoffentlich verschaut sie sich nicht beim Sehen, die liebe Frau Aloisia«, murmelte Polt und trat vor das Kaufhaus. Er ging zu seinem Fahrrad, blieb unschlüssig stehen und machte sich dann auf den Weg zu Norbert und Birgit Sailers Haus. Vielleicht war es ja doch klug, Nachschau zu halten, ob die beiden rechtzeitig nach Breitenfeld aufbrachen. Hoffentlich hatte es keinen Streit gegeben in dieser Nacht…

Nach wenigen Schritten prallte Polt gegen etwas Weiches, Wohlriechendes, trat rasch einen Schritt zurück und sah Grete Hahn, die ihn mit deutlichem Vergnügen betrachtete. »So fängt der Tag gut an, mein Lieber! Und nach meinem Geschmack hätten Sie ruhig etwas ausführlicher mit mir zusammenstoßen können.«

»Ja?« Polt spürte, wie er wieder einmal einen roten Kopf bekam. Grete Hahn lächelte andeutungsweise. »Ich möcht Sie natürlich nicht aufhalten…, wohin geht's denn?«

»Na, Ihnen kann ich's ja sagen. Der Norbert Sailer ist gestern in seinem Keller versumpft, ich weiß nicht wie arg, weil ich am Schluss nicht mehr dabei war. Und jetzt wollt ich nachschauen, ob alles in Ordnung ist. Er und seine Frau müssen nach Breitenfeld. Der Norbert hat Dienst, und die Birgit ist vorgeladen.«

»Schön, dass es Freunde gibt, nicht wahr? Aber wenn der Norbert Sailer merkt, dass Sie Kindermädchen spielen, mein lieber Herr Polt, ist er beleidigt.«

»Stimmt. Was also?«

»Haben Sie den Schlüssel vom ›Kirchenwirt‹ eingesteckt?«

»Weiß nicht.« Polt kramte in seinen Taschen. »Ah, da ist er!«

»Dann gehen wir hinein und schauen unbemerkt durchs Fenster hinüber – ist ja ganz in der Nähe.«

Polt kniete neben Frau Hahn auf einer der Sitzbänke. »Komisch, nicht wahr? Wie zwei Kinder, die Detektiv spielen.«

»Ich spiel für mein Leben gern! Übrigens ist das Auto noch da, Herr Polt. Und jetzt kommen die zwei.«

Die Szene wirkte ganz normal. Norbert Sailer öffnete für seine Frau die Beifahrertür, setzte sich hinters Lenkrad, und der Wagen fuhr los.

»Na also!« Frau Hahn schaute sich in der Gaststube um. »Gibt es was zu trinken, Herr Wirt?«

»Was Sie wollen. Aber um halb acht in der Früh?«

»Sie trauen einer lustigen Witwe wohl alles zu, wie? Ich hab an Tee gedacht.«

Als die Tassen leer waren, trug sie Polt zur Schank, um abzuwaschen. »Nur keine Weiberwirtschaft im Wirtshaus, Frau Hahn! Was machen Sie so früh in Burgheim?«

»Einkaufen. Kommen Sie mit?«

»Aber die Frau Habesam wollt mich heute nicht mehr sehen.«

»Dann eben der Supermarkt. Was essen Sie gerne zu Mittag?«

»So ziemlich alles. Aber warum die Frage?«

»Sie sind eingeladen. Keine Widerrede.«

»Wo werd ich.«

»Und jetzt warten wir noch, bis ein paar Leute auf der Straße sind.«

»Warum, wenn ich fragen darf?«

»Weil wir dann gemeinsam das Wirtshaus verlassen. Um diese Tageszeit! Wenn das kein Gesprächsstoff ist …«

»Und was soll die Karin Walter davon halten? Grad jetzt …«

»Was grad jetzt?«

»Wo sie schwanger ist!«

»Ein Kind! Gott sei's getrommelt und gepfiffen!«

Verblüfft fand sich Polt in Grete Hahns Armen wieder und wusste nicht so recht, ob er sich wehren sollte.

»So! Alles da.« Frau Hahn schloss die Kühlschranktür. Nach dem Tod ihres Mannes hatte sie ein kleines altmodisches Haus in Brunndorf erworben und behaglich eingerichtet. »Es gibt Pasta al pastore, das geht schnell und schmeckt gut. Recht so?«

»Ich lass mich überraschen.«

»Das ist immer ratsam. Wir haben noch viel Zeit. Spaziergang?«

»Auch recht.«

»Richtig fügsam, der Simon Polt, und so gut erzogen! Kompliment an die Karin Walter. Gehen wir zum Grünberg hin?«

Kurz nach elf waren die beiden wieder im Haus. Die Wolken hatten sich verzogen, und auf dem Küchentisch zeichnete die Sonne das Lochmuster der Gardinen nach. Im gemauerten Herd knisterten Scheiter. Frau Hahn stellte einen Topf mit kleingeschnittenen Erdäpfeln zu, goss Olivenöl in eine Pfanne und ließ darin Zwiebeln und Knoblauch weich werden. »Und jetzt wird geheiratet?«

»Alle fragen mich das. Wie die Karin eben will.«

»Die wird schon wollen.« Grete Hahn kam zu Polt an den Küchentisch. »Und wer zieht zu wem?«

»Bei ihr ist wenig Platz, und bei mir ist der Czernohorsky.«

»Und jeder von euch beiden ist eigentlich ganz glücklich und zufrieden in der gewohnten Höhle. Hab ich recht?«

»Ja, schon irgendwie.«

»Ist doch ideal! Lustvolle Besuche, wann immer es passt, und zwischendurch geht ihr euch nicht auf die Nerven. Und wenn es einmal woanders sein soll – dann ist bei mir auch noch Platz. Entschuldigung, ich glaub, ich sollt weiterkochen.« Sie ging zum Herd. »Jetzt kommt Weißwein dazu, lieber Herr Polt, Kräuter geb ich hinein, Paprika, Zucker ... So. Salzen. Pfeffern, Faschiertes dazu. Riecht schon gut, was? Blöde Sache, das mit dem Toten im Weingarten ... Wie geht's denn der Birgit und dem Norbert?«

»Nicht gut, glaub ich. Tapfer sind s' beide. Aber solange die Ermittlungen laufen und alles offen ist, wird halt viel geredet, und der Norbert wird es in der Dienststelle auch nicht grad leicht haben.«

»Und die Birgit nicht mit ihm. Ehemänner mit Problemen machen gewöhnlich Probleme. – Jetzt geb ich alles mit Butter und Rahm in eine Auflaufform, Erdäpfelpüree oben drauf, und Käse auch noch, zum Überbacken. Damit er mir nicht hungrig bleibt, der werdende Vater.«

»Und?« Frau Hahn räumte das Geschirr ab.

»Viel zu viel, aber viel zu gut, um was übrigzulassen, Frau Hahn! Also, ich werd verwöhnt in letzter Zeit ..., kürzlich der Schweinsbraten von der Birgit und heute ...«

»Wie kocht denn Ihre Karin so?«

Polt dachte nach. »Gern kocht sie.«

»Ja, und wie noch?«

»Anders halt. Übrigens, Frau Hahn, heute war das Foto von dem Toten in der Zeitung. Haben Sie's gesehen?«

»Nein. Hab ich was versäumt?«

Polt griff in die Tasche. »Das ist er.«

Grete Hahn schaute, stutzte und ließ das Foto sinken.

Polt sah Tränen in ihren Augen. »Mein Gott, was ist?«

»Nichts *ist*. Es *war* was. Und gehen Sie dann bitte, Herr Polt.«

Der Besuch der alten Dame

Polt wusste nicht so recht, was er mit sich anfangen sollte an diesem unerwartet freien Nachmittag. Aus alter Gewohnheit näherte er sich gemächlich der Brunndorfer Kellergasse und dachte dabei an Grete Hahn. Über Jahre hinweg hatte diese Frau eine Ehe erdulden müssen, in der Gewalt und Erniedrigung zum Alltag gehörten. An die fünfzehn Jahre war es her, dass ihr Polt die Nachricht vom Tod ihres Mannes überbringen musste. Er hatte sich damals nicht vorstellen können, dass Frau Hahn jemals wieder ein normales Leben führen würde. Gut, so richtig normal im dörflichen Sinne war es ohnehin nicht: Sie blieb offenbar gerne allein, und jene Annehmlichkeiten, die Männer ja doch zu bieten hatten, nahm sie bei Bedarf mit Freuden und unverbindlich entgegen.

In der Kellergasse angekommen, bemerkte Simon Polt überrascht, dass Friedrich Kurzbachers olivgrüner Opel vor dem Presshaus stand. Die Tür war halb offen. Er betrat das ihm wohlbekannte Gebäude, fand es leer vor und sah dann durch die geöffnete Kellertür den Kurzbacher zwischen seinen Fässern stehen. Polt hatte den Eindruck, als sei sein Freund in letzter Zeit noch hagerer geworden, fast dürr. Ein wenig verloren stand er da, wie einer, der nachdenkt, aber vergessen hat, worüber er nachdenkt. Polt stieg die Stufen hinunter. »Friedrich! Schön, dass du hier bist!«

»Zufall, Simon. Kellerarbeit. Trinken wir was?« Ohne eine Antwort abzuwarten, griff Friedrich Kurzbacher nach einer Flasche und ging auf die Kellerstiege zu. Polt folgte ihm.

Als die Männer dann oben im Presshaus saßen, die gefüllten Gläser vor sich, war für Simon Polt die Welt wieder einmal in Ordnung. Hier war er so gut wie zu Hause: die große Baumpresse, die schäbige Küchenkredenz, Bottiche, der kleine Tisch mit dem karierten Wachstuch, kühles Halbdunkel, Licht, das durch die offene Tür und die kleinen Fensterluken nach innen drang.

Kurzbacher hob sein Glas. »Du kennst ihn, Simon. Den haben wir im ›Kirchenwirt‹ gekostet.« Beide tranken. Polt neigte den Kopf. »Eigenartig ist das schon: Hier im Presshaus schmeckt er mir noch besser. Ich sag dir was, Friedrich: Ohne deinen Grünen tät mir was fehlen auf der Welt.«

»Wird bald einmal so sein.«

»Was sagst du da?«

»Ich füll nicht mehr ein, nächstes Jahr. Irgendwann ist Schluss. Verkauf ich halt die Trauben, oder gleich die Weingärten.«

»Keine gute Neuigkeit, Friedrich ..., aber deine Sache, da hab ich nichts dreinzureden. Und das Presshaus und der Keller?«

»Behalt ich mir, damit ich nicht nur im Haus vor dem

Fernseher sitzen muss. Das Fassgeschirr nimmt mir keiner ab – also hab ich's dem Dorfverschönerungsverein geschenkt. Die stellen das Glumpert dann irgendwo auf, damit die Fremden was zum Schauen haben.«

»Ewig schad drum.« Polt starrte eine Weile vor sich hin. Dann griff er in die Rocktasche und zeigte das Bild aus der Zeitung her. »Kennst ihn, Friedrich? Der Tote im Weingarten vom Norbert Sailer!«

Kurzbacher rückte seine klobige Krankenkassenbrille zurecht. »Nein. Nie gesehn.«

»Die Frau Habesam war ganz aus dem Häusl.«

»Die hört das Gras wachsen.«

»Aber die Frau Hahn kennt ihn wirklich, schaut jedenfalls so aus.«

»Welchen Mann kennt die nicht?«

»Ist ja auch egal. Soll die Polizei schaun, wie sie zurechtkommt. Nur dem Norbert und der Birgit Sailer würd ich wünschen, dass bald einmal alles klar ist.«

Der Weinbauer hob die Schultern. »Kenn ich so gut wie nicht, den Sailer. Als Polizist ist er jedenfalls ein Scharfer. Dreißig Euro hat er mich einmal zahlen lassen, nur für einen Traktor-Anhänger ohne Licht.«

»Ist ja auch gefährlich, Friedrich.«

»Ja, heutzutage, wo s' alle fahren wie die Narren.«

Die zwei saßen dann noch lange im Presshaus, redeten wenig und tranken mäßig. Dennoch fühlte Polt eine unbestimmte Leichtigkeit, als er gegen Abend das Fahrrad bestieg, sich auf kaum beleuchteten Güterwegen Burgheim näherte und dort dem Hof der Höllenbauern.

In der Küche versuchte er einmal mehr, mit seinem vereinsamten Kater Frieden zu schließen, und stellte erfreut fest, dass ihm ein kurzes Kraulen hinter den Ohren gestattet war. Dann kochte Polt Kaffee, setzte sich ans offene Fenster und versuchte, sich auf den kommenden Frühling zu freuen. Da störten ihn Geräusche von der Straßenseite her, harte Schläge gegen das Hoftor. Er ging rasch hin, öffnete und stand vor Frau Habesam, die unwirsch ihre Krücke erhob, mit der sie offenbar angeklopft hatte.

»Das gibt's nicht!« Polt glaubte zu träumen. Seit Jahrzehnten hatte Frau Habesam die kleine, aber komplette Welt ihres Kaufhauses nicht mehr verlassen. Und jetzt...

»Bist wohl auf den Ohren gesessen, wie?«

Polt trat rasch einen Schritt beiseite, als sie ungestüm durchs Tor rollte. »Frau Aloisia, dass Sie mich besuchen!«

»Bin ich vielleicht nicht willkommen?«

»Keine Red davon, direkt geehrt fühl ich mich! Darf ich helfen? Der Weg ist ein bissl holprig, zu mir nach hinten.«

»Nein. Geh schon voran!«

In der Küche angekommen, schaute sich die Kauffrau erst einmal gründlich um. »So wohnt er also, der Simon. Arm, aber reinlich. Mach das Fenster zu, es ist saukalt da. Einen Kaffee will ich. Was gibt's zum Abendessen?«

»Ich bin nicht hungrig.«

»Aber ich. Wieder ein paar Todsünden begangen, heute Mittag bei der Frau Hahn? Fraß und Völlerei und wer weiß, was noch!«

Simon Polt goss Kaffee ein und stellte einen Teller mit Wurst, Käse und Brot auf den Tisch.

»Sehr bescheiden!«

»Bei Ihnen eingekauft, Frau Aloisia.«

»Dann ist es wenigstens frisch und allerfeinste Ware!« Sie aß schweigend und mit gutem Appetit. »Noch Kaffee da?«

»Ich stell gleich frisches Wasser zu.« Polt sah erstaunt, wie Czernohorsky sich von seinem Schlafplatz erhob, auf die Besucherin zu schritt, auf ihren Schoß sprang und es sich dort laut schnurrend bequem machte, sehr bequem. »Also auf mich ist er seit Tagen beleidigt, weil ich so selten zu Hause bin.«

»Und mir fliegt so ein Männerherz halt zu, auch wenn es in einem Kater steckt.« Sie streichelte das Tier und zupfte dann gedankenverloren am Fell. »Es geht um das Foto in der Zeitung, Simon. Ich möcht in Ruhe mit dir darüber reden, und das geht im G'schäft nicht, wo jeden Augenblick jemand hereinkommen kann.«

»Verstehe.«

»Gar nichts verstehst! Und dabei soll's auch bleiben, Simon, erst einmal wenigstens.«

»Und warum?«

»Weil damit wahrscheinlich allen am besten geholfen ist. Schlimm genug, wenn die Polizei überall die Finger drin hat.«

»Also gibt es doch welche, die mit dem Foto was anfangen können? Die Frau Hahn jedenfalls ...«

»Ja, die auch. Weißt du, was mir am liebsten wär, Simon? Über kurz oder lang wird die Polizei herausfinden, um wen es sich bei der Leich handelt, ob sich dieser Mensch umgebracht hat oder ob noch wer im Spiel war. Dann ist alles erledigt, die Birgit und der Norbert haben's auch hinter sich, und der alte Bodensatz kann bleiben, wo er ist, nämlich tief unten. Kapierst es, Simon?«

»So irgendwie. Könnt fast von mir sein, die Überlegung. Und Gendarm bin ich ja auch keiner mehr.«

»Neugierig aber schon, was?« Sie hob ruckartig den Kopf. »Da kommt wer, und zwar im Eilschritt!«

Jetzt hörte auch Polt Geräusche. Die Tür wurde so heftig aufgerissen, dass sie gegen die Wand krachte. Ein großer, dicklicher Mann trat rasch auf Polt zu und packte ihn am Hemdkragen. »Ja, sag einmal, du Hundsfott, haben s' dir ins Hirn g'schissen?«

Polt befreite sich mit einem kräftigen Schlag. »Könnt mich nicht erinnern, Herr Rohringer. Und per du sind wir auch nicht miteinander.«

»Fehlt grad noch, mit einem Arschloch, wie Sie eines sind!«

»Aber! Vielleicht wär's besser, wenn Sie mir einfach sagen, was Sie ärgert.«

»Das weiß er doch, der Herr Gendarm, der arbeitslose Nichtstuer! Schwärzt mich bei der Polizei an. Na, dem Priml hab ich Bescheid gesagt, dass er die Engel singen gehört hat. Und Ihnen treib ich das Spitzelwesen auch noch aus!«

»Ich hab dem Priml nur gesagt, was jeder weiß, damit er keine unnötige Arbeit hat. Es war also nichts mit Ihnen und der Leiche im Weingarten?«

»Leider nicht.«

»Leider?«

»Es wär mir ein Vergnügen gewesen, dieser Bestie von

Sailer ein faules Ei zu legen, wirklich eine helle Freude, können S' mir glauben.«

»Wissen S' was, Herr Rohringer? Sie sind ein widerlicher Mensch.«

»Muss es auch geben. Und: Einmal noch so eine Aktion, Herr Polt, und Sie schaun sich die Erdäpfel von unten an!«

Rohringer wandte sich zum Gehen, blieb dann aber neben dem Herd stehen und griff blitzschnell zur Kanne mit dem heißen Wasser. Noch schneller allerdings und mit erstaunlicher Kraft schlug Frau Habesam ihre Krücke auf Rohringers Handgelenk und sorgte mit Nachdruck dafür, dass die Hand noch ein Weilchen auf der heißen Kochplatte zu liegen kam. »So, Sie Maulheld! Wir zwei gehn jetzt. Verstanden?«

»Ja, schon gut, Sie alte Vettel.«

Polt streichelte beruhigend seinen Kater. »Soll mir recht sein, Czerno. Die Polizei braucht ja nicht alles zu wissen, und mich geht Gott sei Dank nicht alles was an. Und die Frau Habesam hab ich ganz schön unterschätzt. Ich mein, den Hieb mit der Krücke hätt ich ihr jederzeit zugetraut. Aber so ein soziales Verhalten… Na ja, vielleicht hat sie selber auch irgendwie Dreck am Stecken. Nicht meine Sache jedenfalls.«

Es war gegen zehn, und Polt dachte gerade gähnend darüber nach, ob er schon schlafen gehen sollte, als sich ein drittes Mal an diesem Abend Besuch ankündigte: Karin Walter klopfte leise an und kam gleich in die Küche, weil sie Polt durchs Fenster gesehen hatte. »Ich weiß, es ist spät, Simon. Hast noch Zeit für mich?«

»So viel Zeit gibt es gar nicht, wie ich hab, wenn du da bist.«

»Danke, Lieber! Ich komm aus der Schule.«

»Jetzt? Mitten in der Nacht?«

»Ja, eine Versammlung von Lehrern und Eltern. Ist hoch hergegangen dabei.«

»Das klingt aber gar nicht gut.«

»Recht hast. Im Herbst wird es keine Volksschule mehr in Burgheim geben. Aus, vorbei, Simon. Es ist zum Heulen.«

»Ja, und was wird aus dir?«

»Ich weiß nicht. Natürlich könnt ich jetzt erst einmal in Karenz gehen und darauf warten, ob die Sache später vielleicht anders ausschaut. Aber ich bring's einfach nicht zusammen, die Dinge so treiben zu lassen.«

»Was heißt das, Karin?«

»Dass ich bald einmal die Weichen stellen muss und will. Es gibt sogar schon ein Angebot.«

»Na also! Gratuliere!«

»Tu das nicht. Ich könnt ins Waldviertel gehen, nach Weitra, sogar als Direktorin. Verdammt weit weg, Simon, zu weit weg fürs Zusammensein.«

»Wie denkst du darüber?«

»Gar nicht. Die Frage ist: Wie denken wir darüber.«

»Da muss ich erst nachdenken.«

»Aber nicht jetzt. Bist müd, Simon?«

»Ja, schon.«

»Ich auch …«

Glück und Glas

Gegen ein Uhr früh wachte Simon Polt auf. Da war viel zu viel Nacht um ihn, viel zu viel Platz für Gedanken, Ahnungen und Angst. Karin Walter schlief fest. Polt grübelte. Er hatte lange zufrieden allein gelebt. Jetzt lag da jemand neben ihm, und er war einsam. Aber er spürte auch Zärtlichkeit in sich, ganz ungeheuer viel davon. Doch was damit anfangen, ohne Karin aufzuwecken? Es war eben alles nicht so einfach. Mit dieser Erkenntnis gab sich Polt vorerst zufrieden. Er schaute ins Dunkel, das Dunkel schaute zurück, und der Schlaf wollte nicht kommen. Dann hörte Polt, dass es zu regnen begann. Nach und nach umfing ihn das leise Rauschen dicht und dichter, und er schlief endlich ein.

Das leise Knarren des Holzbodens ließ ihn aufwachen. »Wie ... was ... wer ...« Er machte Licht und sah eine nackte Karin Walter vor sich. »Entschuldige! Aber schön bist, so was von schön ...«

»Hörst auf damit, Simon!«

»Warum?«

»Weil sonst etwas anfängt, mit dem wir nicht rechtzeitig fertig werden. Ich muss in die Schule und vorher noch zu mir nach Haus. Dreh dich um und schlaf weiter, Lieber!«

»Nein, Karin! Ein schneller Kaffee geht sich schon noch aus, und dann begleit ich dich – muss sowieso zur Frau Habesam!« Polt stand auf, hüllte sich verschämt in seinen Bademantel, trat ans Fenster und öffnete es. »Hat zu regnen aufgehört. Diese Luft ..., riecht nach Frühling, schmeckt nach Frühling. Und der Weidenbusch da drüben hat schon Palmkatzerln.«

»Lass schauen!« Für einen Augenblick spürte Polt, wie sich Karin an seinen Rücken schmiegte. Er hörte, wie sie ein wenig schneller atmete. Doch dann kam ein Seufzer. »Frühling hin, Frühling her ..., keine Zeit, Simon! Darf ich vor dir ins Bad?«

»Logisch ist das nicht und vernünftig schon gar nicht.« Die Lehrerin lenkte ihr Fahrrad neben Polt in Richtung Brunndorf. »Du näherst dich der Frau Habesam, indem du dich von ihr entfernst.«

»Bewegung ist g'sund. Und zu früh dran bin ich auch. Übrigens war meine Arbeitgeberin gestern bei mir. Fast schon ein Staatsbesuch!«

»Merkwürdig. Dass die einmal aus dem Haus geht! Hat sie was wollen von dir?«

»Es geht um den Toten im Weingarten. Das Foto war ja gestern in der Zeitung.«

»Weiß ich. Also mir sagt es nichts!«

»Ein paar anderen offenbar schon. Aber das geht die Polizei und auch mich nichts an, meint die Frau Habesam.«

»Ja, die! Nachrichtenzentrale und Geheimnisträgerin in Personalunion. Aber gottlob nur bissig, nicht bösartig. Was da wohl wieder war ...« Karin lachte. »Eine ruhige Gegend, unser Wiesbachtal. Aber nur an der Oberfläche. Und wie gut, dass es allwissende Weiber wie die Frau Habesam gibt. Die meisten Leichen bleiben im Keller, genügt ja, wenn peinlicherweise eine ans Licht gekommen ist. Wie geht übrigens die Birgit damit um?«

»Tapfer. Der Norbert auch. Nur neulich hat er sich niedergesoffen in seinem Keller, und als der Priml gekommen ist und ihn gereizt hat, ist er ihm fast an die Gurgel gefahren. So kenn ich ihn gar nicht.«

»Wer kennt sich schon aus mit einem Mann?«

»Ist doch ganz einfach.«

»Ja? – So, da sind wir. Und vergiss nicht auf einen innigen Abschiedskuss, Simon, mit Temperament, wenn ich bitten darf. Die Nachbarin soll ihre Freud haben, wenn sie schon aus dem Küchenfenster schaut…«

Noch immer war es dämmrig. Polt blieb eine Weile sinnend vor Karin Walters Haus stehen, bemerkte, dass er von der Nachbarin beobachtet wurde, grinste, hob grüßend die Hand und stieg aufs Fahrrad. Brunndorf war sehr still, so früh am Morgen. Jene, die hier keine Arbeit fanden und in die Bezirkshauptstadt auspendelten, viele auch nach Wien, waren längst unterwegs. Wenn ein Bauer zur Arbeit im Weingarten oder auf dem Acker aufbrach, tat er das *hintaus*, wo eine schmale Straße die Rückseiten der langgestreckten Höfe von einer Reihe großer Scheunen trennte. Polt wandte sich nach Norden, überquerte das schmale Gerinne des Wiesbachs und bog in einen Feldweg ein, der sachte ansteigend zur Grenze nach Tschechien führte und ihr dann folgte. Sein altes, schweres Fahrrad hatte keine Gangschaltung. Polt war demnach ziemlich außer Atem, als er den höchsten Punkt der Hügelkette erreichte. Vor einer steinernen Figurengruppe, die Christi Abschied von seiner Mutter darstellte, stand eine Bank. Polt nahm Platz und genoss den Blick über das breite Wiesbachtal hinweg ins Hügelland des Weinviertels.

An diesem klaren Morgen waren in der Ferne sogar die Voralpen, Rax und Schneeberg, zu sehen. Der Himmel war schon merklich heller geworden, mit einer Ahnung von Rot. Auch auf die Gefahr hin, wieder einmal zu spät zu kommen, beschloss Polt, hier oben auf den Sonnenaufgang zu warten.

Es dauerte nicht lange, und die weite Landschaft lag leuchtend vor ihm. Langsam fuhr Polt talwärts, erreichte die Kellergasse von Burgheim und bremste, als er bemerkte, dass die Tür von Norbert Sailers Presshaus einen Spaltbreit offen stand.

Polt trat ein, alles dunkel, kein Norbert Sailer. Er ging hinter das Presshaus, um zu sehen, ob sein Freund vielleicht im Weingarten arbeitete. Kein Mensch weit und breit, wohl aber war der Boden zwischen den Rebstöcken aufgebrochen worden, es konnte noch nicht lange her sein. Polt wollte schon zu seinem Fahrrad zurückgehen, als er einen blitzenden Sonnenreflex bemerkte. Er trat näher, ohne den Weingarten zu betreten, und sah eine zerbrochene Weinflasche, die halb in der Erde verborgen war. Nicht sehr aufregend, überlegte Polt. Mit dem Mord konnte sie eigentlich nichts zu tun haben, sonst wäre sie bei der aufwendigen Spurensicherung bestimmt gefunden worden. Aber der gewesene Gendarm hütete sich dennoch davor, die Flasche zu berühren, und machte sich unverzüglich auf den Weg. Vielleicht war Norbert Sailer zu Hause anzutreffen. Polt läutete, klopfte an die Tür, klopfte am Küchenfenster – nichts geschah. Dann sah er endlich Sailer aus der Tür treten. Er hatte sich offenbar hastig angezogen. Polt glaubte im Gesicht seines Freundes eine merkwürdige Mischung aus Zorn und schlechtem

Gewissen zu erkennen. Sailer fuhr mit der Hand über das kurzgeschnittene Haar. »Simon, du bist es! Entschuldige die Wartezeit: kleine Diskussion mit der Birgit … kommt in den besten Familien vor. Also, was gibt's?«

»Du hast dein Presshaus nicht zugesperrt.«

»Au verdammt. Und das passiert einem ordentlichen Menschen wie mir. Aber ich hab's eilig gehabt, heute in aller Früh. Der Boden im Weingarten g'hört gelüftet, noch bevor die Vegetation kommt.«

»Du, Norbert, noch was: Ich hab zwischen den Rebstöcken eine zerbrochene Weinflasche liegen gesehen.«

»Was du nicht sagst! Das schaun wir uns an!«

Bald darauf standen die beiden auf dem Güterweg hinter Sailers Presshaus. Der Weinbauer legt Polt die Hand auf den Arm. »Stehenbleiben! Ich hab zwar mit dem Traktor vermutlich die letzten Spuren beseitigt, aber wir wollen nicht zur Verwirrung beitragen. Also, die Flasche muss jemand vor kurzem hier weggeworfen haben, so etwas wäre den Leuten des Kollegen Priml nicht entgangen.«

»Genau das hab ich mir auch gedacht. Aber jetzt, wo ich mir das so anschau: Die Flasche steckt ja ziemlich tief drin. Vielleicht war sie vergraben, und du hast sie freigelegt bei der Arbeit?«

»Nicht gänzlich auszuschließen. Oder es war umgekehrt, und ich hab sie halb zugeschüttet.«

»Was tun wir jetzt, Norbert?«

»Was zu tun ist in so einem Fall. Ich melde den Fund an die Kollegen in Breitenfeld, und zwar jetzt gleich.«

»Ah, da ist er ja, der Simon!« Frau Habesam hatte ihren Rollstuhl unter der großen Wanduhr in Stellung gebracht. »Kaum ist man einmal großzügig und besucht seinen Mitarbeiter zu Hause, glaubt er, dass er sich alles herausnehmen kann. Oder war der Besuch von der Karin Walter so anstrengend, dass er nicht aus den Federn gekommen ist, der Simon?«

»Das wissen Sie auch schon?«

»Wofür hältst mich denn, für blind oder für blöd?«

»Für keins von beiden, Frau Aloisia. Ich hab durch Zufall was im Weingarten vom Norbert Sailer gefunden – davon hab ich ihn noch schnell verständigen müssen.«

»Also gut, bewilligt. Worum handelt es sich?«

»Die Polizei weiß Bescheid, und das reicht fürs Erste.«

»Frech auch noch, die jungen Leut!«

»Ich wär gern jünger.«

»Wer nicht. Und jetzt komm in die Küche. Die Kipferln von gestern müssen weg.«

Frau Habesam schaute nachdenklich in ihre Tasse und brachte den Rest Kaffee in eine kreisende Bewegung. Dann schlürfte sie vernehmlich. »Der weckt Tote auf, Simon!«

»Sehr tot dürfen s' aber nicht sein, Frau Aloisia!«

»Spitzbübisch heute, gelt? Da, schau dir das Häferl einmal an, mein Guter. Eine Kostbarkeit! Hat mir der Sepp Räuschl dereinst zum Geschenk gemacht. Sehr sinnig, der Spruch drauf: *Behüt dich Gott / es wär so schön gewesen / behüt dich Gott / es hat nicht sollen sein.*«

»Aber wie kommt der Räuschl darauf?«

»Na, wie schon, Simon! Ich war ja auch einmal jung und

schön. Schön war der Sepp zwar nie, aber wenigstens jung. Hat er's halt probiert bei mir, mehr oder weniger erfolgreich.«

»Da schau her! War's mehr mehr oder mehr weniger?«

»Das überlass ich deiner schmutzigen Phantasie. Ah, Telefon! Muss das sein?« Sie nahm den Hörer ab. »Ob der Herr Polt bei mir ist, wollen Sie wissen? Dürft ich vorher erfahren, wer spricht? Also gut, Herr Priml. Er ist da. Schwerhörig bin ich übrigens nicht. Wollen Sie ihn sprechen, den Simon? Nein? Warum rufen S' dann an? Wie? Was? Morgen um 10 geht nicht. Er arbeitet bis Mittag bei mir. Schrein S' nicht so, Sie Lümmel. Also gut, geb ich ihm halt Urlaub.« Sie hielt den Hörer mit der Hand zu. »So ein giftiger Mensch, so ein hantiger! Morgen um zehn in Breitenfeld, Simon?«

Polt nickte.

Flaschenpost

Der Autobus war das einzige öffentliche Verkehrsmittel, das Breitenfeld mit dem Wiesbachtal verband, dreimal täglich immerhin, außer Sonntag. Polt stand zusammen mit ein paar jüngeren Leuten an der Haltestelle in Burgheim.

Kurz vor sieben kam noch ein älterer Mann aus Brunndorf dazu, den er nur flüchtig kannte. Mit Leopold Windisch hatte Polt einmal als Gendarm zu tun gehabt. Er war abends mit einem jungen Kollegen im Dienstauto unterwegs gewesen, als sie unweit von Burgheim den Weinbauern auf seinem völlig unbeleuchteten Traktor fahrend ertappten.

Windisch wurde gestoppt. Der jüngere Gendarm wollte die Papiere sehen, Windisch hatte keine, besser gesagt, er hatte schon welche, aber die lägen im Haus, in der Tischlade. Warum er denn ohne Licht unterwegs sei? Weil die Lichtmaschine kaputt ist. Egal, er fahre ja nie in der Dunkelheit. Aber jetzt, jetzt sei es doch dunkel! Also, den Motor abstellen, bitte, und zwar sofort! Stur verneinendes Kopfschütteln, bedrohliches Schweigen beiderseits. Ein ratloser Seitenblick des jungen Kollegen auf Polt, der neben ihm stand.

»Sie sind der Herr Windisch, nicht wahr?«

»Und Sie sind der Inspektor Polt, hab ich recht?«

»Ja. Also, was war?«

»Der Traktor ist abgestorben. Schon am Nachmittag. Nach der Arbeit ist mein Bub gekommen und hat ihn angeschleppt. Und wenn ich jetzt den Motor abstell, springt er nie wieder an. Versteht doch jeder, nur der junge Herr Gendarm nicht.«

»Ja, was tun wir da, Herr Windisch? So ohne Beleuchtung weiterfahren dürfen S' jedenfalls nicht. Wissen S' was? Sie biegen jetzt auf den Feldweg da links ein, bleiben im Lichtkegel vom Dienstwagen, und wir fahren nach Brunndorf, zu Ihrem Haus. Dort schauen wir uns die Papiere an. Und spätestens in drei Tagen möcht ich den Traktor sehen – mit reparierter Lichtmaschine.«

»Aber ich fahr ja nur am Tag.«

»Herr Windisch!!«

»Schon gut.«

Das war lange her. Polt grüßte freundlich. »Was zu tun in Breitenfeld?«

»Mit dem Advokaten reden. Mein Nachbar spinnt wieder einmal.«

»Geht's nicht auch friedlich? Wär billiger.«

»Friedlich? Sind S' deppert? 'tschuldigung, Herr Inspektor.«

»Bin kein Gendarm mehr.«

»Ah so?« Eine weitere Unterhaltung hielt Leopold Windisch für verzichtbar und wandte sich ab.

Polt war viel zu früh in Breitenfeld. Er trank Kaffee, las Zeitungen und fand sich endlich in jenem Kinderfachgeschäft wieder, das er schon einmal aufgesucht hatte. Er verwickelte die junge Verkäuferin in ein ausführliches Gespräch über das Leben noch nicht geborener Säuglinge und kaufte dann eine winzige Strampelhose in geschlechtsneutraler Farbgebung. Nach kurzem Suchen fand er die Polizeidienststelle, trat ein und stand in einem kleinen Vorraum einem jungen Mann gegenüber, der ihn fragend anblickte.

»Simon Polt mein Name. Der Bezirksinspektor Priml will unbedingt mit mir reden.«

Der Polizist telefonierte kurz und drückte dann auf einen Schalter, der die offenbar gut gesicherte Tür hinter ihm öffnete. Polt ging weiter, sah ein annähernd vertrautes Bild vor sich, war aber irritiert, ohne zu wissen, warum. Ah, das war's! In der Burgheimer Dienststelle hatte es immer irgendwie gerochen, nach den Leberkässemmeln seines gefräßigen Vorgesetzten, nach Putzmitteln, nach Mensch, nach Kaffee – hier roch es überhaupt nicht.

Primls Stimme unterbrach seine Gedanken. »Herr Polt! In den Besprechungsraum bitte.« Priml ging voran, wies Polt einen Stuhl zu, setzte sich ihm gegenüber und schwieg. Polt betrachtete das Bild des Bundespräsidenten und dachte daran, dass ein gleiches oder ähnliches wohl auch in Karin Walters Schule hing, in einer Schule, die zusperren musste. Und wo, zum Teufel, war eigentlich Weitra? Irgendwann war wieder Primls Stimme zu hören. »Wie Sie sehen, habe ich mir diesmal die Mühe erspart, Ihnen entgegenzukommen.«

»Es gibt ja den Autobus.«

Priml drückte zwei weiße, viereckige Tabletten aus der Verpackung und schob sie in den Mund.

»Sind S' krank?«

»Der Magen. – Die Flasche wird erkennungsdienstlich behandelt. Erste Ergebnisse liegen schon auf dem Tisch und gehn Sie nichts an.«

»Welche Flasche? Ach so, die.«

»Tun Sie nicht so unbeteiligt.«

»Ich bin unbeteiligt. Gesehen hab ich sie halt, zufällig, und dem Norbert Bescheid gesagt. Man weiß ja nie.«

»Zufälle gibt's! Eine Flasche, die aus dem Nichts plötzlich auftaucht, dort liegt, wo sie vorher nicht gelegen ist, und dann kommt der Herr Polt und sagt: Jöhh! Da wird der Herr Priml aber Augen machen. Ja, wofür halten Sie mich eigentlich?«

»Darüber muss ich erst nachdenken.«

»Auf das Ergebnis Ihrer Gedankenarbeit darf man gespannt sein. Darf ich wissen, was Sie kurz nach Sonnenaufgang in der Kellergasse zu suchen hatten? Sie werden wohl nicht die Nacht durchgesoffen haben?«

»Nein. Ich war zu früh dran, hab mit dem Fahrrad einen Umweg von Brunndorf aus zur Grenze hin gemacht und war dann durch die Kellergasse zur Frau Habesam unterwegs.«

»Aber Sie wohnen doch in Burgheim?«

»Ich schon, aber die Karin Walter wohnt in Brunndorf. Ich hab sie nach Hause gebracht.«

»Im Morgengrauen?«

»Ja.«

Priml lehnte sich seufzend zurück. »Ihr Privatleben möcht ich einmal haben. Sie sind dann also im zarten Licht der Morgenröte durch die Burgheimer Kellergasse gefahren und haben vor dem Presshaus von Norbert Sailer gebremst, das entnehme ich zumindest der Meldung meines Kollegen. Warum?«

»Die Presshaustür war offen.«

»Und Sie wollten was trinken.«

»Doch nicht um die Zeit. Ich wollt sehen, ob der Norbert da ist oder ob er vielleicht vergessen hat, die Tür zuzusperren.«

»Und dann sind Sie zum Weingarten dahinter gegangen, sonst hätten Sie die Flasche ja nicht entdecken können, zufällig, wie ich vermute.«

»Ja, richtig. Weil im Presshaus und im Keller niemand war, hab ich dort eben auch noch nachgeschaut.«

»Viel war von der Flasche nicht zu sehen. Sind Sie womöglich im regennassen Weingarten herumgestiefelt, so aus Jux und Tollerei?«

»Nein, ich bin auf dem Güterweg stehen geblieben.«

»Erstaunlich, ich muss schon sagen. An Ihnen ist ein Adler verlorengegangen, Herr Polt! Dunkles Glas, halb vergraben im dunklen Erdreich ...«

»Da war ein Sonnenreflex auf der Flasche.«

»Wie der Zufall so spielt. Vorausschauend und klug von Ihnen übrigens, dass Sie auf Ihrem so genannten Umweg den Sonnenaufgang abgewartet haben, sonst wär's ja nichts geworden mit Ihrem famosen Reflex. Und Sie sind vermutlich unverzüglich zu Ihrem Freund geeilt, der zuvor um fünf Uhr früh im Weingarten gearbeitet hat, offenbar, weil ihm beim besten Willen keine angenehmere Beschäftigung eingefallen ist. Tolles Timing übrigens. Er war ja zwischendurch kaum eine Stunde zu Hause, weil er dann in den Dienst hat müssen. Na ja, Sie wissen eben, wann er wo anzutreffen ist, nicht wahr? Gute Freunde wissen alles voneinander, wirklich alles. Jetzt einmal ehrlich, Herr Polt: Fällt Ihnen nicht etwas mehr zu dieser Flasche ein, oder etwas, bei dem es mir weniger schwerfällt, daran zu glauben?«

»Ich wüsst nicht, was. Aber darf ich auch was fragen?«

»Meinetwegen.«

»Dieses Bild im *Illustrierten Heimatblatt* ... Irgendwelche Reaktionen?«

»Sie wollen nur wissen, ob sich alle an die Schweigepflicht gehalten haben. Ich kann Ihnen gratulieren: ja. Störrisches Schweigen, dumpfes Schweigen, verlogenes Schweigen, grinsendes Schweigen, vielsagendes Schweigen, ratloses Schweigen ... na gut. Noch eine Runde, die an Sie geht.«

»Ich hab nichts gegen Sie, Herr Priml.«

»Mir reicht es, wenn Sie mich nicht für voll nehmen. Und jetzt erzähl ich Ihnen noch etwas, das Sie vermutlich ohnehin wissen: Die Bruchflächen der Flasche und des Scherbens, den wir neben der Leiche gefunden haben, passen zusammen. Überrascht Sie nicht sehr, wie?«

»Doch!«

»Was sollen Sie sonst sagen, Herr Polt! Ich unterstelle nichts, ohne es beweisen zu können. Aber könnte es nicht sein, dass Sie oder Kollege Sailer oder Sie beide einen – na, sagen wir – spielerischen Umgang mit diesem Fall pflegen?«

»Was soll das heißen?«

»Sie machen sich womöglich einen Heidenspaß daraus, mich und die restliche Polizei vor sich her zu treiben, uns zu beweisen, dass wir ohnedies nichts ausrichten können in diesem verdammten Filz aus falscher Kameraderie, bösartiger Bauernschläue und Schadenfreude!«

»Ziemlich viel auf einmal. Kurz gesagt: Sie meinen, der Norbert, ich oder wir beide zusammen hätten die Flasche in den Weingarten gelegt und dann sozusagen entdeckt, nur um den Bezirksinspektor Priml zu ärgern?«

»Ist das denn so weit hergeholt?«

»Wir haben was Besseres zu tun.«

»O ja. Mauscheln, Mauern, Hintertreiben, um irgendwann einen billigen Triumph einzufahren. Jetzt sage ich Ihnen was, Herr Polt: Ich habe gute Lust, mich dafür einzusetzen, dass der Kollege Sailer bis zur Klärung des Falles nicht nur von Ermittlungsergebnissen ferngehalten, sondern auch suspendiert wird.«

»Dazu brauchen S' aber einen begründeten Verdacht. Und den haben Sie nicht.«

»Es steht Ihnen nicht zu, mir dienstliche Ratschläge zu erteilen. Gut, ja, noch fehlt mir die Kraft, das zu tun, was eigentlich getan werden sollte. Aber es liegt unter anderem in meinem Ermessen, die Gangart der Untersuchung zu verschärfen. Sie werden sich vielleicht daran erinnern, Herr

Polt, wie unangenehm und bedrückend polizeiliche Ermittlungen sein können, auch und vor allem für Menschen, die nichts angestellt haben.«

»Also, jetzt fangen Sie an, mich zu ärgern, Herr Priml. Wär's nicht eine Idee, bald einmal herauszufinden, ob es ein Selbstmord war oder nicht, und im zweiten Fall den Mord aufzuklären, damit endlich Schluss ist? Der Norbert hat es schwer genug, mit diesem verfluchten Kuckucksei fertig zu werden, das ihm weiß Gott wer ins Nest gelegt hat. Und wie es seiner Frau, der Birgit, geht, stell ich mir lieber nicht vor. Die Leute hier können mit dem Toten offenbar wenig anfangen. Sie aber nehmen eine ganze Gegend in Geiselhaft und machen – ich möcht gar nicht wissen warum – einem erfolgreichen Kollegen das Leben schwer. Das find ich schäbig. Wie Sie mit mir umspringen, ist mir übrigens ziemlich egal.«

»Wie edel, Herr Polt. Aber diese unverschämte Art der Kritik geht zu weit. Ich mahne Sie hiermit in aller Form ab.«

»So? Noch was? Nein? Dann geh ich.«

Polts Frauen

»Da bin ich wieder, Frau Aloisia!«

»Na also.« Sie warf einen durchdringenden Blick auf Polts Tragtasche mit dem Aufdruck *Babywelt*. »Hunger?«

»Nein. Ich hab in Breitenfeld am Würstelstand was gegessen.«

»Geldverschwendung. Bei mir hättest du Gulasch bekommen, extra für dich aufgetaut. Keine zwei Jahre alt. Wie war's bei diesem grantigen Menschen?«

»Er glaubt mir kein Wort, dem Norbert glaubt er auch nicht, aber dass ihn wenigstens das halbe Wiesbachtal anlügt, das glaubt er.«

»So gehört es sich für einen Polizisten.«

»Dermaßen misstrauisch war ich nie.«

»Dich haben viele nicht angelogen, weil sie dich gemocht haben. Die wollten dir die Enttäuschung nicht antun. Aber wer mag denn schon heutzutag einen Polizisten.«

»Auch wieder wahr. Nur, mehr und mehr hab ich den Eindruck, dass es ihm gar nicht so sehr darum geht, die Geschichte mit dem Toten aufzuklären. Der möchte den Norbert Sailer so lange wie möglich kaltstellen und dafür sich selber wichtig machen.«

»Und die Rechnung zahlen wieder einmal die Frauen.«

»In dem Fall die Birgit, meinen Sie?«

»Na klar, Simon. – Es kommt wenig Kundschaft heute. Du nimmst dir also jetzt das Fassl mit den Salzgurken vor. Die Festeren gibst in ein großes Rexglas, die halten noch länger. Und die Weichen gehören weg.«

»Weggeschmissen?«

»Verkauft. Schreibst ein schönes Schild: *Frisch eingetroffen! Allerfeinste Ware*.«

»Das ist aber gelogen, Frau Aloisia.«

»Keine Rede von gelogen. Im Sommer sind s' ja frisch eingetroffen, nicht wahr? Und den Sommer lassen wir halt weg. Lügen darf man nicht. Sagen muss man aber nicht alles. Und nimm das Gurkenzangl, nicht die Finger. Hygiene ist oberstes Gebot.«

Polt machte sich grinsend an die Arbeit. Dann schaute er wieder ernst drein. Seine Arbeitgeberin bemerkte es. »Immer noch der Priml?«

»Ja, immer noch. Die Sache spitzt sich ungut zu, Frau Aloisia. Er will jetzt schärfer vorgehen, und das wird er auch tun. Sie und ich und womöglich noch ein paar andere haben gehofft, dass er die Sache aufklären wird, ohne unnötig Staub aufzuwirbeln. Aber ich kenn ihn inzwischen besser. Der dreht jeden Stein um, der ihm vor die Augen kommt, und es interessiert ihn alles, was drunter zu finden ist, egal, ob es mit der Sache direkt was zu tun hat oder nicht.«

»So ist das also. – Du gibst viel zu wenig Gurken ins Rexglas. Nimm die halbfesten auch noch dazu. – Hast mit der Birgit geredet, in letzter Zeit?«

»Nein. Gestern, als ich die Flasche entdeckt hab, hat mir der Norbert gesagt, dass da ein kleiner Streit gewesen ist, zwischen ihm und seiner Frau. Na, ob der so klein war, weiß ich nicht.« Polt hielt erschrocken inne. »Um Gottes willen, was hab ich denn da erzählt! Das bleibt aber jetzt wirklich unter uns.«

»Hast etwas anderes erwartet? Und, wie soll es weitergehen, deiner Meinung nach?«

Polt prüfte unschlüssig eine Gurke und ließ sie dann, von seiner Arbeitgeberin argwöhnisch beobachtet, ins Fass fallen. »Was weiß ich …, ich wünsch mir nur, dass bald alles klar ist, so oder so. Und dafür muss ja nur grad so viel Licht in die Sache kommen, dass dieser Priml gezwungen ist hinzuschauen. Ich hab mich heraushalten wollen, so gut es geht. Es geht aber nicht, ich bin's dem Norbert und der Birgit ganz einfach schuldig zu helfen. Darf ich Sie um was bitten, Frau Aloisia?«

»Wenn es nichts Ungehöriges ist.«

»Gott bewahre. Denken Sie oder wer auch immer darüber nach, was herauskommen muss, damit wieder Ruhe ist im Wiesbachtal.«

»Ziemlich viel verlangt. Aber recht hast schon, Simon. Wir werden ja sehen, was wir sehen werden.«

»Danke, Frau Habesam.« Polt hielt ihr eine Gurke entgegen. »Die da ist aber schon mehr als nur weich.«

»So? Dann darfst du sie essen. Belohnung muss sein.«

Pünktlich um zwölf schloss Frau Habesam ihr Gewölbe. Im ›Kirchenwirt‹ tat Sepp Räuschl Dienst, und Polt war entschlossen, seine freie Zeit zu nutzen. Außerdem konnte es nicht schaden, den Geschmack der aufdringlich moussierenden Salzgurke aus dem Mund zu bekommen – und dafür war ein Besuch bei Grete Hahn vermutlich wie geschaffen. Als ungebetener Mittagsgast wollte sich Polt aber dennoch nicht aufdrängen. Er begab sich in seine Wohnung, fütterte Czernohorsky, stellte einen Sessel ins Freie, nahm behäbig Platz, ließ sich die Sonne ins Gesicht scheinen und empfand es als durchaus angemessene Beschäftigung, nichts zu tun.

Am frühen Nachmittag machte er sich auf den Weg nach Brunndorf. Polt hatte Glück und traf Frau Hahn zu Hause an. Er stand ein wenig unsicher in der Küchentür, weil er an das Ende seines letzten Besuchs dachte. »Wollen Sie mich überhaupt sehen?«

Grete Hahn umarmte ihren Besucher freundschaftlich und gab ihm einen spielerischen Klaps aufs Hinterteil. »Mein

Gott, was können Männer blöd fragen! Es ist Jausenzeit. Soll es die bürgerliche Variante sein? Ich meine Kaffee und Apfelstrudel. Oder zieht der Herr die rustikale Sorte vor, Rotwein und Wurstbrot? Davon abgesehen gibt's natürlich auch noch die lasterhafte Spielart, Dirndlschnaps und Kaviar.«

»Sie überraschen mich immer wieder aufs Neue, Frau Hahn. Kaffee und Apfelstrudel bitte, wenn's keine Umstände macht.«

»Häferlkaffee oder Espresso?«

»Häferl bitte. Der Blutdruck ist sowieso oben seit dem Gespräch mit diesem Herrn Priml heute Vormittag. Sind Sie übrigens auch befragt worden?«

»Befragt? Verhört bin ich worden. Folterbank und Daumenschrauben waren aber noch nicht im Spiel.«

»Und?«

»Der Mann, der mich zum Reden bringt, wenn ich nicht reden will, muss erst geboren werden. Ja, und was uns zwei betrifft, ist etwas offengeblieben, letztes Mal … Nimmst das Du-Wort von mir an, Simon? Da redet es sich leichter.«

»Freilich, Grete.«

Sie bereitete schweigend den Kaffee zu, servierte, setzte sich an den Tisch und schaute auf ihre Hände. »Was mein Mann für einer war, weißt du. Und von Zeit zu Zeit hat es ja immer wieder diese sogenannten Feste gegeben, Sauferei bis zum Umfallen, dreckiger Sex, Sadismus, und ich willenlos und halb besinnungslos mittendrin – ich muss dir nichts erzählen.«

»Nein, wirklich nicht. Ehrlich gesagt, ich hab damals gedacht, dass du einen Schaden fürs Leben hast.«

»Hab ich den nicht? Wie auch immer, einmal war er dabei.«

»Wer?«

»Der auf dem Foto in der Zeitung. Er war dabei, hat aber nicht mitgetan. Als die anderen endlich nicht mehr viel wahrgenommen haben in ihrem Rausch, hat er mich heimlich ins Gästezimmer entführt, wo er untergebracht war. Er hat versucht, mich zu trösten, leise, geduldig, g'scheit und einfühlsam. Lang haben wir geredet, sehr lang, und irgendwann, es war fast schon hell, ist Zärtlichkeit daraus geworden, und er hat mit mir geschlafen wie noch kein Mann zuvor. Nachgekommen ist übrigens auch nichts Besseres.« Grete Hahn grinste flüchtig. »Ich hab ihn nie wieder gesehen, weiß nicht, wie er heißt und wer er ist. Er wird eben irgendwie mit meinem Mann in Kontakt gekommen sein. Der hat ja sehr einnehmend sein können, wenn er wollte. Was soll ich sagen, Simon, das war's. Keine Ahnung, warum er wieder in die Gegend gekommen ist und wie … das hat geschehen können.« Sie wandte sich ab, schwieg eine Weile und schaute Polt dann lächelnd ins Gesicht. »Ein Mensch gewordener Lichtblick. Kein Wunder, dass mich so einer um den Verstand bringt.«

»Frau Hahn, ich mein: Grete!« Polt griff mitfühlend nach ihren Händen.

»Hörst auf damit! Ein Lichtblick reicht.«

»Wie du meinst. Weiß die Frau Habesam Bescheid?«

»Von mir hat sie's nicht. Aber vielleicht über Umwege …, die weiß ja so gut wie alles und noch mehr. Warum fragst du?«

»Weil sie so vorsichtig mit dem Fall umgeht, fast schon sensibel.«

»Die? Wie man sich täuschen kann…, wird wohl auch ihre Schläg gekriegt haben, irgendwann, und hat ein bissl zu gut gelernt, sich davor zu schützen.«

»Wie gut kennst du eigentlich die Birgit Sailer?«

»Wir sind fast Freundinnen. Sie das uneheliche Kind einer widerspenstigen Mutter, ich eine Ausgeburt der Ehehölle, das passt ganz gut zusammen. Nur in letzter Zeit hat sie sich mehr und mehr zurückgezogen. Ich weiß eigentlich nicht, warum.«

»Vielleicht will sie dich nicht mit ihren Sorgen belasten. Ist ja auch eine saublöde Situation für den Norbert und sie.«

»Da kennst du Frauen aber schlecht! Die hängen sich ihre Kümmernisse geradezu lustvoll gegenseitig um den Hals. Wenn's allerdings wirklich ernst wird… hm…, weißt was, ich red einmal ganz offen mit ihr.«

»Wird gut sein. Und danke!«

»Danke wofür? Ich tu's ja auch für mich. Übrigens bekommen wir lieben Besuch: deine Karin.«

»Ah ja? Sie wird mein Fahrrad gesehen haben. Darf sie was wissen, Grete?«

Sie hob gleichgültig die Schultern.

»Wie war's bei der Frau Hahn?«

»Wie immer, Karin. Sie hat versucht, mich zu verführen, und ich hab mich erfolgreich gewehrt.«

»Mach keine blöden Witze. Eines Tages passiert's.«

»Ja, am Sankt Nimmerleinstag.« Polt griff in seine Tragtasche. »Ich war in Breitenfeld und hab uns was mitgebracht. Schau einmal: *100 % Baumwollfrottee natur!*«

Karin Walter blieb stehen. »Mein Lieber! Du kannst es wohl nicht erwarten. Aber jetzt im Ernst: Warum warst du bei der Frau Hahn?«

»Sie kennt den Toten.«

»Was!«

»Ja, aber ohne irgendetwas Konkretes über ihn zu wissen.« Polt erzählte andeutungsweise. Dann spürte er Karins Hand auf der seinen. »Ist was?«

»Weiß nicht. Ist ja lange her, mehr als zehn Jahre. Gesehen hab ich diesen Menschen nie, wie schon gesagt, aber vielleicht was gehört, das auf ihn zutreffen könnte. Lass mich nachdenken. Wenn mir was einfällt, sag ich's dir.«

»Und nicht gleich dem Priml, wenn's leicht geht.«

»Du hast dich also wieder hineinziehen lassen, Simon?«

»Ja und nein. Ich werd mich natürlich davor hüten, mich in Ermittlungen einzumischen. Aber dass sich die Polizei hier aufführt wie ein Elefant im Porzellanladen, will ich nicht.«

»Wenn das nur gutgeht.«

»Ist hoffentlich bald vorbei.«

Es war schon Abend geworden, und die beiden schoben ihre Fahrräder durch die nur matt erleuchtete Hintausgasse von Brunndorf. Bald standen sie vor dem kleinen Haus der Lehrerin.

»Magst mit mir abendessen, Simon? Nur was Kaltes. Kochen will ich heute nicht mehr.«

»Da fragst du noch?«

Polt schob den leeren Teller von sich. »Gut war's, und schön haben wir's miteinander. Und weißt du was, Karin? Dabei soll es bleiben.«

»Ich versteh nicht recht.«

»Kommt gleich. Ich hab nämlich nachgedacht. Ich geh mit dir nach Weitra. Auch wenn's in der hinteren Mongolei liegt.«

»Wie soll denn das funktionieren, Simon?«

»Der Kater zieht eben auch um. Mit dem ›Kirchenwirt‹ kommen der Sepp und der Friedrich auch ohne mich zurecht. Die Frau Habesam wird einen anderen finden, und irgendeine Arbeit gibt es für mich überall. Mir ist ja nicht bald was zu blöd.«

»Simon, du Lieber! Äußere Umstände lassen sich regeln. Aber ich würd mir ewig Vorwürfe machen, dass ich dir deine Freunde weggenommen hab, dein Dorf, deine Presshäuser und Weinkeller. Das geht nicht gut, sag ich dir. Da bleib ich schon lieber im Wiesbachtal und werd halt Nachhilfelehrerin.«

»Sehr schön. Und ich darf damit leben, dass ich dir deinen Beruf verpatzt hab. Nichts da!«

»Simon?«

»Was?«

»Wenn wir beide so stur bleiben, sitzt du eines Tages allein in Weitra und ich allein in Brunndorf.«

Beide lachten, dann lachten sie nicht mehr. Polt stand auf, ging auf die Lehrerin zu und berührte zögernd ihr Haar. »Ich geh dann, Karin.«

»Warum?«

»Alleinsein üben.«

Polizeistunde

Schon wieder Samstag… In den vergangenen Tagen hatte es Polt irgendwie geschafft, den wenig erfreulichen Lauf der Dinge zu verdrängen. Frau Habesam war offenbar ganz froh darüber, dass heikle Themen ausgespart blieben, mit Karin Walter verband ihn liebevolle Ratlosigkeit, und beide vermieden es, Fragen zu stellen, auf die es ohnehin keine Antwort gab. Jetzt war Polt wieder einmal Wirt, nicht mehr und nicht weniger, und das tat ihm gut. Gegen sieben waren fast alle Gäste gegangen. Klar, dachte Polt, der hinter der Schank stand und Gläser wusch, der Fernseher, der neue Herrgottswinkel, na ja, neu eigentlich auch nicht mehr. Sepp Räuschl und Friedrich Kurzbacher waren dageblieben. Bei ihnen saß schon geraume Zeit Norbert Sailer. Als Polt mit seiner Arbeit fertig war, setzte er sich dazu. Er gab dem Polizisten einen leichten Stoß. »Wie seh ich das? Ein treusorgender Ehemann Samstagabend im Wirtshaus…«

Norbert Sailer grinste. »Von wegen Ehemann! Die Birgit hört sich mit den anderen Ortsbäuerinnen einen Vortrag an. *Der Mann als notwendiges Übel* oder so ähnlich. Früher wär so was eine Frechheit gewesen. Heute sagt man Fortbildung dazu. Aber etwas anderes, Simon: Wie hast du dich denn mit dem Herrn Priml vertragen, vorigen Samstag?«

»Schlecht.«

»Kann ich mir denken. Mir hat er natürlich nichts davon gesagt. Aber er ist ein guter Mann, glaub mir. Ich bin mir sogar sicher, dass er deine damalige Arbeit als Gendarm kennt und schätzt, Simon. Sonst würde er es nicht zulassen, dass du ihn wütend machst.«

»Merkwürdiges Kompliment.«

»Aber eines der wenigen, die wirklich ehrlich gemeint sind. Und hinterfotzig ist der Priml nicht.«

»Jetzt sag nur noch, dass du ihn magst!«

»Wären wir Schachspieler, würd ich meinen: ein starker Gegner, der mir Achtung abverlangt. Im Dienst spielen wir aber nicht, und schon gar nicht gegeneinander.«

Sepp Räuschl leerte sein Glas und warf dem Polizisten einen missgünstigen Blick zu. »Ein Skandal ist das, was sich tut bei uns im Wiesbachtal in der letzten Zeit! Fingerabdrücke nehmen s' den Leuten reihenweise ab, hochanständigen Menschen, sogar katholischen Frauenspersonen. Und dann kommt einer uneingeladen zu mir nach Haus und fragt mich, ob mir dieses Bild da in der Zeitung bekannt vorkommt. Mir! Als ob ich mich mit Fremden abgeben tät.«

Sailer lachte. »Wie soll das ein Polizist wissen, der dich nicht kennt?«

»Das ist es ja! Unsere guten alten Gendarmen haben alle gekannt. Und die haben auch keine Fingerabdrücke gebraucht bei ihrer Arbeit. Hab ich recht, Simon?«

»War eine andere Zeit, Sepp. Und was mich angeht, ich war schon damals ziemlich von gestern.«

Friedrich Kurzbacher nickte langsam. »War aber kein Nachteil, was?«

Norbert Sailer hatte sich zurückgelehnt. »Es ist so: Auf der Flasche, die der Simon entdeckt hat, waren Fingerabdrücke. Natürlich muss Bezirksinspektor Priml dieser Spur nachgehen. Ich weiß übrigens nicht, was dabei herausgekommen ist. Er hält mich von Informationen schon seit einiger Zeit nachdrücklich fern. Sein gutes Recht.«

»Ja, ja.« Polt spürte Ärger in sich aufsteigen. »Und du bist rechtlos?«

»Ganz und gar nicht. Aber die Ermittlungen führt der Priml, und ich bin nun einmal im Kreis der Verdächtigen.«

»Ach was. Wird ja doch ein Selbstmord gewesen sein, oder?«

»Also ich weiß nicht recht, Simon. Keine Ahnung, wie der Kollege Priml darüber denkt, aber wir haben ja eine vergleichbare Ausbildung hinter uns. Wenn du meine persönliche Meinung hören willst: Einem Fachmann kommt da einiges recht merkwürdig vor. Ich nenne nur ein Beispiel – und damit verrate ich keine Ermittlungsergebnisse. Also, nehmen wir einmal an, du, Sepp, möchtest dir die Pulsadern aufschneiden. Wie gehst du das an?«

»Blöde Frage.« Räuschl machte eine schnelle Bewegung quer über das Handgelenk.

»Da haben wir's. Der typische Fehler eines Laien. Wer sich anatomisch auskennt, schneidet in der Längsrichtung, damit es schnell geht und der Tod sicher eintritt. Genau so eine Verletzung weist aber der Arm der Leiche auf. Ich glaube kaum, dass unser Unbekannter besondere Routine darin hatte, sich umzubringen. Und dann gibt es noch ein paar Kleinigkeiten, die nur unsereinem auffallen. Aber lassen wir das – fader Ermittlungsalltag, und doch eminent wichtig.«

Simon Polt umkreiste mit dem Zeigefinger den Rand seines Weinglases. »Ja dann …, jetzt weiß ich nicht mehr, was ich denken soll.«

»Eine Anregung, Simon: Stell dir einen Täter vor, der sein mörderisches Handwerk versteht. Der fixiert sein Opfer mit einem schnellen Griff, drückt ihm die Scherbe in die Hand und … ratsch. Dann Spuren verwischen, Spuren legen, das übliche Pflichtprogramm halt. War nur ein Denkmodell, eines von mehreren, die möglich sind.« Sailer warf einen Blick auf die Uhr. »Was, schon acht? Dann nichts wie los! Sonst erfahr ich ja nie, welche Auswirkungen dieser Vortrag der Dorfbäuerinnen auf unser Eheleben hat. Abend, die Herren!«

Sepp Räuschl schaute ihm nach. »Ein Siebeng'scheiter! So sind s' halt, die Jungen. Gut, dass mich das alles nichts angeht und dich auch nicht, Simon.«

Erst gegen elf konnte Polt schön langsam ans Zusperren denken. Die beiden anderen Drittel-Wirte hatten sich als recht sesshafte Gäste erwiesen, die bedächtig und ausführlich dafür sorgten, dass den kriminalistischen Erörterungen Sailers wirklich wichtige Themen folgten: Der Brunner Hans, gute siebzig und nach allgemeiner Überzeugung eine männliche Jungfrau, war an der Burgheimer Bushaltestelle mit einer um vieles jüngeren Tschechin ins Gespräch gekommen, die er ein paar Minuten später für eine eheähnliche Beziehung zu sich nach Hause genommen hatte. Der Bürgermeister von Brunndorf war hingegen in die lokalen Schlagzeilen geraten, weil er angemerkt hatte, Sitzungen des Gemeinderates fänden besser früh am Vormittag statt, weil dann noch eine gewissen Nüchternheit der Mandatare gewährleistet sei. Und dann kam natürlich auch der Dauerbrenner auf den Tisch: Ein Baumeister aus Burgheim, gedrängt, sich zwischen seiner herrschsüchtigen Ehefrau und der nicht minder dominanten Freundin zu entscheiden, war den dritten Weg gegangen und nun schon seit einigen Wochen unbekannten Aufenthalts. Irgendwann waren auch diese Themen aufgebraucht, und Sepp und Friedrich verließen den ›Kirchenwirt‹.

Polt war bereits im Gehen, als der Weinwurm Rudi unsicheren Schrittes durch die Tür kam. Er schlingerte auf den nächstbesten Tisch zu und ließ sich umständlich nieder. Polt trat zögernd an ihn heran. »Wie immer, Rudi?«

Der späte Gast versuchte sich an einer theatralischen Handbewegung, die auf halbem Weg erstarb. Polt stellte ihm ein Achtelglas Kirsch-Rum hin. »Du bringst dich um mit dem Zeug.«

»C'est la vie!« Weinwurm trank, grinste und griff nach dem *Illustrierten Heimatblatt*.

»Das ist von der Vorwoche, Rudi. Die neue Ausgabe liegt bei mir zu Haus!«

»Egal, die hab ich auch noch nicht studiert. Komm kaum noch zum Lesen. Zu viel um die Ohren.«

Dann setzte Weinwurm eine interessierte Miene auf, die nichts zu bedeuten hatte, wie Polt wusste. Der Rudi schaute zwar in die Zeitung, aber er las nicht. Alles an diesem Menschen war nur noch Pose: Seine Kleidung, helles Sakko, dunkle Hose, offenes Hemd, sollte nachlässig elegant wirken, doch er hatte sie seit Wochen nicht mehr gewechselt. Auch volltrunken standen Weinwurm ein paar originell sein wollende Stehsätze zur Verfügung, doch ihre Anzahl wurde zunehmend geringer. Das alles war schmerzlich für Polt. Rudi Weinwurm war nämlich dereinst Gendarm gewesen, ein guter Gendarm, und ein noch besserer Kollege. Der Umstand, dass er trank, wirkte sich lange Zeit nicht auf seine berufliche Tätigkeit aus. Später kam es aber doch zu vermehrten Fehlleistungen. Eines Tages dann hatte sich der Rudi nachts in der Dienststelle unter nie ganz geklärten Umständen mit der Dienstwaffe die rechte große Zehe abgeschossen. Damit war seine Laufbahn in der Gendarmerie beendet gewesen. Seitdem spielte Rudi Weinwurm den Bruder Lustig, doch er spielte seine Rolle lächerlich schlecht und von Mal zu Mal noch schlechter. Zwischendurch, immer seltener allerdings, raffte er sich zu Gelegenheitsarbeiten auf. Viel weniger Überwindung kostete es ihn, seine ehemaligen Kollegen aus der Gendarmerie an ihre, wie er es nannte, Solidaritätspflicht zu erinnern. Auch dafür konnte Polt ein gewisses Verständnis aufbringen, und er nahm es als selbstverständlich hin, dass Weinwurm seine Zeche auch diesmal nicht bezahlen würde. Viel mehr bedrückte es ihn, dass der ehemalige Gendarm in letzter Zeit kleine Betrügereien begangen hatte und, schlimmer noch, Informationen aus seiner aktiven Dienstzeit erstaunlich geschickt für Erpressungen nutzte. Die geforderten Beträge waren recht gering, und keines der Opfer dachte daran, sich wegen zwanzig, dreißig Euro Unannehmlichkeiten einzuhandeln. Aber alles in allem war Rudi Weinwurm auf dem besten Wege, sich vom Säufer, den niemand so richtig im Stich lassen wollte, zum allseits verachteten Kleinkriminellen zu entwickeln.

Auf eine gezierte Handbewegung hin servierte ihm Polt ein zweites Glas. »Das letzte für heute, aber wirklich!«

»C'est la vie.« Weinwurm fand es nunmehr angebracht umzublättern, stierte eine Weile in die Zeitung, ließ sie dann aber sinken. Er hob sie wieder an, hielt das Papier dicht vor seine Augen, warf die Zeitung auf den Tisch, nahm das volle Glas, schmiss es an die Wand, stand auf, kippte den Tisch um und reckte beide Hände, zu Fäusten geballt, nach oben. »Heureka!«, schrie Rudi Weinwurm und übergab sich.

Späte Stunde

Simon Polt packte den ehemaligen Gendarmen am Rockkragen. »Das reicht jetzt, Rudi. Was hast denn auf einmal?«

»Kannst loslassen, Simon. Gibst mir einen Fetzen? Dann wisch ich auf.« Rudi Weinwurm wirkte merkwürdig nüchtern. Er tat seine Arbeit, Polt stellte den Tisch auf die Beine und rückte die Sessel zurecht. »Also, was war?«

»Nichts, oder alles. Wer weiß. Kommst mit mir nach Hause, alter Freund und Nussknacker? Mir ist nach Reden.«

»Mir aber nicht.«

»Bitte!«

»Meinetwegen …«

»Weißt du noch, Simon, wie wir dem Schuster Herbert den Führerschein zupfen wollten, an diesem heißen Augusttag damals?«

»Kann mich erinnern.«

»B'soffen war er wie immer, aber blasen hat er nicht wollen, weil er angeblich so schwer lungenkrank war. Also Blutabnahme. Der Gemeindearzt wollt den Alkohol nicht bestimmen, und dass wir die Probe gekühlt nach Breitenfeld ins Spital bringen, war uns zu blöd. Ist er halt weitergefahren, der Herbert. Das waren Zeiten!«

»Schon gut.« Simon Polt schaute sich um. Eigentlich hatte er ein verwahrlostes Zimmer erwartet: gebrauchte Wäsche, dreckiges Geschirr, Gerümpel. Aber Rudi Weinwurm residierte in seinem umgebauten Presshaus zwar beengt, aber durchaus ordentlich und sauber. Polt sah einen kleinen Küchenblock, eine Duschkabine und vor allem ein französisches Bett mit einer Zierdecke, auf der zahlreiche Polster lagen. Rudi Weinwurm folgte seinem Blick. »Da schaut er, der Herr Gendarm, wie? Und soll ich dir was verraten, Simon? Das Gewand ist dreckig, aber die Unterwäsch ist sauber.« Er starrte ins Leere. »Ist wie bei einer Zwiebel, weißt? Irgendwann ist die äußerste Schale schäbig worden, der Beruf, verstehst? Und dann war sie weg, die Schale. Später war dann irgendwann das Hirn hin von der Sauferei, dann der Charakter, dann die Achtung vor mir selber. Aber eine Zwiebelschale hab ich noch.« Weinwurm wies mit umfassender Gebärde in die Runde: »Zu Hause wird nicht gesoffen.« Er lachte. »Drum sauf ich mich ja anderswo nieder, damit ich's aushalt. Und ich wasch mich. Ich wasch mich!«

Simon Polt konnte sich nicht daran erinnern, von Rudi Weinwurm in den letzten Jahren derart viele zusammenhängende Sätze gehört zu haben. Vielleicht hat er sich nüchtern getrunken, soll's ja geben, überlegte Polt und beschloss, die Gunst der Stunde zu nutzen. »Du, Rudi! Der Tote im Weingarten ..., sagt dir der was?«

Weinwurm schwieg und machte schmale Augen, als wolle er bedrohlich dreinschauen. Dann griff er nach Polts Knie. »Wenn einmal ans Licht kommt, was ich weiß, wird's finster, Simon. Sodom und Gomorrha, wenn dir das was sagt. Eine biblische Sauerei. Der Norbert Sailer ist dein Freund, was?«

»Ja.«

»Ein armes Schwein. Die Birgit auch, die Birgit auch …« Weinwurm griff sich zwischen die Beine.

»Saubartel!«

»Ich hör ja schon auf. Soll alles gut ausgehen, nicht wahr, für alle!« Er wischte sich über die Augen. »Man hat ja ein Mitgefühl als Mensch.«

»Und vorhin, im Wirtshaus?«

»Hat irgendwie der Blitz eing'schlagen. Ich hab's richtig gerochen, das verbrannte Fleisch, und weh hat es getan, verdammt weh. Herrlich war das, g'spürt hab ich mich wieder einmal. Einen Rudi Weinwurm haut ein Donnerwetter nicht um, im Gegenteil. Und jetzt zeig ich dir was.« Er stand auf, kramte in einer Schublade und kam mit einem Blatt Papier zurück. »Ein Brief an die Polizeidirektion. Tausendmal umgeschrieben, ergänzt und verbessert. Reines Dynamit, sag ich dir, Simon, wenn das hochgeht, ist alles hin. Aber ich bin wieder wer.«

»Lass sehen!« Polt betrachtete das wirre Dokument aufmerksam und erschrak. »Ist fast zu kompliziert für mich. Sag, könnt ich den Brief haben, bis morgen? Vielleicht komm ich beim gründlichen Durchlesen auf die eine oder andere Idee, das kannst du dann auch noch hineinschreiben.«

Weinwurm streckte ihm zögernd das Blatt entgegen. »Meinetwegen. Aber: Geheime Kommandosache, Simon, geheime Kommandosache!«

Gegen ein Uhr früh kam Polt nach Hause. Er war dankbar für seine Müdigkeit, die ihm weiteres Grübeln ersparte und ihn bald einschlafen ließ. Doch gleich nach dem Aufwachen war die Unruhe wieder da. Polt telefonierte mit Norbert Sailer und fragte, ob er ihn besuchen könne, obwohl es Sonntag sei und noch sehr früh. Aber es könnte dringend sein, und spätestens um zehn müsse er ja den ›Kirchenwirt‹ aufsperren.

Er wurde freundlich zum Frühstück eingeladen und machte sich unverzüglich auf den Weg.

Als er in die Küche kam, war Birgit allein. Sie deckte den Tisch. »Guten Morgen, Simon! Du gehst es aber zeitig an!«

»Was bleibt mir anderes übrig? Wo ist dein *notwendiges Übel*?«

»Mein was? Ach so, du meinst den Vortrag gestern. Der Norbert macht schnell noch eine Laufrunde. Tut er fast jeden Tag. Aber er müsste bald da sein. Kaffee oder Tee?«

»Kaffee.«

»Müd schaust drein, Simon.«

»Der Rudi Weinwurm hat zuerst im Wirtshaus randaliert und mich dann zu sich nach Hause verschleppt.«

»So, der ...«

»Es ist zum Verzweifeln mit diesem Menschen. Ein guter Kern, und was ist aus ihm geworden.«

»Ja ... Steht alles bereit, Simon, ich muss jetzt weg. Sonntäglicher Frühschoppen der Dorfbäuerinnen. Was die Männer können, können wir auch.«

»Aber doch nicht im ›Kirchenwirt‹? Der sperrt erst um zehn auf.«

»Nein, beim Pfarrer. Da können wir nachher gleich beichten, was wir vorher gesündigt haben. Bis bald hoffentlich. Tschüss!«

»Das sagst mir nicht mehr, Birgit!«

»Was?«

»Tschüss!«

»Ja, das verdammte Fernsehen. Aber ich werd mich bessern, Simon, wenigstens in dieser Hinsicht.«

Ungeduldig wartete Polt. Jetzt erst fiel ihm auf, dass diese Küche hier so gar nichts mit anderen Küchen in Wiesbachtaler Bauernhäusern zu tun hatte. Eine Wandfläche war mit modernen, offenbar sehr zweckmäßigen Elementen verbaut, schwarze und weiße Flächen bestimmten das Bild. Am Fenster standen Tisch und Sessel aus hellem Naturholz. Ein paar Zeitschriften lagen da, allerdings nicht *Der Bauerbündler* oder *Frau mit Herz*, sondern großformatige Magazine, mit denen Polt nichts anfangen konnte, und das *Illustrierte Heimatblatt*. Dann bemerkte er den Wandkalender – es musste sich um jenen *Jungbäuerinnenkalender* handeln, der neulich Gesprächsthema zweier sittlich entrüsteter Kundinnen in Frau Aloisias Kaufhaus gewesen war. Polt fasste interessiert das Blatt für den Februar ins Auge: Auf einem Sack, der offenbar hölzernes Heizmaterial enthielt, saß eine dunkelhaarige Jungbäuerin und blickte lockend, wenn auch ein wenig verlegen, in ein ihr unbekanntes Publikum. Dabei pflegte sie einen eigenwilligen Bekleidungsstil: nackte Beine, schwarzes Höschen, weißes Leibchen und einen breiten, rustikalen Hosenträger, der von ihren nackten Schultern gerutscht war. Auf dem Kopf trug die Schöne einen ganz und gar biederen Trachtenhut, und hinter ihrem Rücken schauten voll ländlicher Unschuld und Fruchtbarkeit einige Getreidehalme hervor.

»Und, Simon? Gefällt sie dir?« Norbert Sailer stand im Jogginganzug in der Tür.

»Irgendwie schon.«

»Im Schlafzimmer hängt der *Jungbauernkalender*, das männliche Gegenstück, damit auch die Birgit was vom Leben hat. Was führt dich zu mir um diese nachtschlafende Zeit, mein Freund?«

»Das sag ich dir erst, wenn ich meiner Sache sicher bin. Hast du noch die Fotokopie von dieser Eintragung im Notizbuch?«

»So etwas verkommt bei mir nicht. Ich bring's dir!«

Bald darauf verglich Polt die Schriftzüge von Rudi Weinwurms Brief mit jenen im Notizbuch. Es gab Unterschiede, aber ganz ohne Zweifel eine grundlegende Übereinstimmung. »Oh, verdammt.« Polt schaute Norbert Sailer, der geduldig abgewartet hatte, ins Gesicht. Er reichte ihm beide Blätter. »Sag du: Hat das ein und dieselbe Person geschrieben?«

Der Polizist ließ sich Zeit. Auf seiner Stirn war jetzt eine senkrechte Falte. »Ich bin kein Graphologe, aber es gibt fast keinen Zweifel an der Übereinstimmung. Die Schrift im Notizbuch ist allerdings unruhiger, irgendwie verzerrt, so als wäre der Schreiber betrunken gewesen. Woher hast du den Brief, Simon?«

»Das muss aber wirklich unter uns bleiben: vom Weinwurm Rudi.«

»Um Gottes willen! Diesem Unglücksraben traue ich alles zu, nur nichts wirklich Schlechtes.«

»So geht es mir auch. Aber was bringt ihn auf die Idee, eure Namen und die Telefonnummer in dieses Notizbuch zu schreiben?«

»Was oder wer muss die Frage lauten, Simon. Vielleicht ist er dazu gezwungen oder dazu überredet worden?«

»Und wer sollte so was tun?«

»Ja, wer? Ich war noch selten so ratlos. Und dass es ein läppischer Versuch gewesen sein könnte, mir etwas in die Schuhe zu schieben, kann ich mit hoher Wahrscheinlichkeit ausschließen. So etwas ist einfach nicht seine Art. Ich müsste mich schon sehr täuschen. Was hast du jetzt vor?«

»Für den Moment gar nichts. Ob ich den Rudi einfach fragen soll?«

»Weiß nicht, ob das eine gute Idee ist. Du mischst dich damit in Primls Ermittlungen massiv ein und unterschlägst so nebenbei ein wichtiges Beweisstück.«

»Stimmt schon. Aber angenommen, es war eine der b'soffenen Geschichten, die der Rudi ja immer wieder liefert, und es hat zwar mit diesem Menschen irgendwas zu tun, aber nichts mit seinem Tod – dann könnte der Brief dem Priml egal sein, und der Rudi wär aus dem Schneider. Ich glaub übrigens ziemlich sicher, dass er mit dem Bild in der Zeitung was anfangen kann. Gestern hat er durchgedreht, als er im Wirtshaus ins *Illustrierte Heimatblatt* geschaut hat.«

»Der schaut ja nur, ohne zu lesen.«

»Aber ein Foto, Norbert?«

»Ja…, das könnte natürlich was ausgelöst haben in ihm.«

»Ich war mit dem Rudi nachher noch bei ihm zu Hause, das Presshaus, ziemlich in eurer Nähe, du weißt. Und ich hab vorsichtig nachgefragt. Der Blitz hätt ihn getroffen, hat er gesagt, und das hat ihm weh, aber auch gut getan.«

»Versteh einer diesen Menschen! Dabei kenn ich ihn ganz gut, und wir haben noch immer Kontakt miteinander. Als Polizist müsste ich dich jetzt in aller Freundschaft darum bitten, mir den Brief zu geben oder mit mir gemeinsam morgen damit zum Kollegen Priml zu gehen. Schau ich aus wie ein Polizist?«

»Derzeit nicht ganz so.«

»Was hältst du davon: Wir stecken eine Kopie von dem Brief ohne Hinweis auf den Rudi in ein Kuvert ohne Absender, und ich geb's in Breitenfeld zur Post.«

»Das könnt für den Rudi eine Hinrichtung auf Raten sein, Norbert.«

»Gilt für jede Ermittlung.«

»Ich möcht aber nicht ermitteln, schon gar nicht gegen den Rudi.«

»Versteh ich. Denkst du denn, mir ist wohl dabei? Aber wenn der Rudi irgendwas mit dem Fall zu tun hat – in aller Unschuld womöglich –, dann wird er sich sehr bald selbst verraten. Und dann erzählt er möglicherweise dem Priml, oder sonst irgendwem auch noch, dass er dir den Brief anvertraut hat.«

»Mir ziemlich egal.«

»Dann andersherum: Ich kann zwar nicht dran glauben, aber der Rudi könnte ja auch der Täter sein – wenn's überhaupt einen gibt. Willst du einen Mörder decken?«

»Nein.«

Licht ins Dunkel

Polt verließ Norbert Sailer, ohne das liebevoll vorbereitete Frühstück auch nur angerührt zu haben. Warum, zum Teufel, hatte ihm dieser Rudi Weinwurm gestern über den Weg laufen müssen und warum dann auch noch dieser idiotische Besuch! Simon Polt, der Gendarm, der es nicht lassen konnte… »Geheime Kommandosache«, hatte der Rudi gesagt, und schon war das Beweisstück unterwegs zur Polizei.

An diesem Vormittag war Polt mit sich uneins, verwirrt und bedrückt. Gut möglich, dass er alles falsch machte. Noch mehr missfiel ihm aber der Gedanke, er könnte in allem recht behalten, was ihm so durch den Kopf ging. Er begab sich nach Hause, versorgte mürrisch seinen Kater, aß im Stehen ein Käsebrot und sperrte schon gegen neun den ›Kirchenwirt‹ auf. Besser, er war unter Leuten als allein mit den Gespenstern und grausigen Bildern, die in ihm ihr Unwesen trieben. An der Schank goss er sich einen Schnaps ein, dachte an Karin Walter und schüttete ihn weg. Aber ein Bier trank er dann doch und noch eins. Rasch stellte Polt das Glas weg, als er Norbert Sailer in der Tür stehen sah. Der Polizist kam zur Schank und hielt ihm ein Kuvert entgegen. »Darin ist dieser Brief vom Weinwurm. Gib ihn dem Rudi zurück und vergiss ihn.«

»Ich versteh nicht…, jetzt auf einmal?«

»Ja. Er kann es nicht gewesen sein, das musst du mir einfach glauben. Kaum warst du aus dem Haus, hab ich alles noch einmal durchgedacht. Und es gibt in diesem Fall Einzelheiten, die du nicht kennst, weil ich nichts erzählen darf.

Offiziell weiß auch ich nichts davon, aber unter Kollegen wird ja doch geredet. Mein Gott, und morgen hätt ich den Rudi ans Messer geliefert, schön anonym auch noch. Hast einen Schnaps für mich?«

Polt füllte das schon einmal gefüllte Glas neuerlich. »Danke jedenfalls, Norbert. Damit machst du auch mir das Leben leichter. Du weißt gar nicht, wie sehr.«

»Na also!« Sailer hob die Hand und ging.

Polts Gemüt hatte sich merklich erhellt, und als sich meuchlings ein neuer Schatten in ihm breitmachte, wischte er ihn zur Seite und war nur noch Wirt.

Gegen elf sah er Peter Rohringer zur Tür hereinkommen. Der Weinbauer ging zielstrebig zur Schank. »Meine Verehrung, Herr Polt! Wie geht's denn immer und was macht Ihr neuer Freund, der Priml?«

»Fragen S' ihn halt.«

»Danke, ich red nicht mit jedem.« Rohringer hob die Stimme. »Eine Runde, Herr Wirt, fürs ganze Lokal. Jeder trinkt, was er mag. Bin ich verstanden worden?«

Polt sagte nichts und machte sich an die Arbeit. Als jeder sein Getränk bekommen hatte, hob Rohringer sein Glas. »Wenn ein alter Geizkragen wie ich einmal was springen lässt, hat das seinen Grund, Leute. Mein Wein ist verkauft, bis auf den letzten Tropfen. Ein guter Preis, wirklich. Wie gut, muss keiner wissen, der Herr Polt schon gar nicht.« Er trank. »Von wem ist der Veltliner?«

»Vom Friedrich Kurzbacher.«

»So, von dem. Sauberer Wein. Ordentlicher Weinbauer, ehrlich bis in die Knochen. Zu ehrlich für meinen Geschmack. Na, bei Gelegenheit geb ich ihm ein paar Tipps.«

Er hob das Glas wieder. »Mein Gott, wie er da steht und zuhört, der Herr Polt.«

»Was soll ich sonst tun?«

»Ja, was soll er sonst tun. Ein Gendarm als Wirt! Das muss einem erst einmal einfallen.«

»Ist schon gar nicht mehr wahr, der Gendarm.«

»Einmal Gendarm, immer Gendarm. Und mit dem Herrn Sailer ist er ja auch ganz tief und innig befreundet, oder mehr noch mit seiner Frau. Ich seh den Herrn Polt ja immer in der Küche sitzen, wenn ihr Mann Dienst hat.«

»Herr Rohringer!!«

»Ich sag ja nichts. Ruhig, ganz ruhig, Herr Polt. Aber wisst ihr, Leute, warum der hier Wirt ist? Na? Hört alles, sieht alles, weiß alles. Und ab und zu schwärzt er dann einen an, mich zum Beispiel, muss ein Heidenspaß für ihn gewesen sein. Nicht wahr, Herr Polt? Ist es nicht so? Warum sagen S' denn nichts? Ach so. Schweigen ist auch eine Antwort.« Er wandte sich der Gaststube zu. »Seien wir ehrlich: Keiner von uns ist ein Verbrecher, aber Menschen sind wir alle. Und grad ich, der ich kein Unschuldslamm bin, weiß Gott, hab Verständnis dafür, dass die Engel und die Heiligen nur im Himmel zu Haus sind, dort gehören s' auch hin. Es ist doch so: Jeder von uns bleibt manchmal nicht ganz bei der Wahrheit, weil es ja gar nicht anders geht, jeder von uns trinkt einmal und steigt dann ins Auto, jeder ärgert sich einmal, sieht rot, und dann rutscht ihm halt die Hand aus, eh viel zu selten. Muss doch jeder schauen, wo er bleibt, sonst tanzen ihm die andern auf der Nase herum. Die Weiber müssen kapieren, wer der Herr im Haus ist, und die Jungen brauchen eine starke Hand, sonst kommen s' auf die schiefe Bahn oder gehn gar zur Polizei. Ist verdammt schwer durchzukommen bei uns, da muss jeder sehen, wo er bleibt. Das Leben ist hart, aber gerecht, und irgendwie kommen wir schon miteinander aus, nicht wahr, Leute? Aber nicht alles geht die da oben was an. Eigentlich brauchen s' das meiste nicht wissen, die Herren Uniformierten. Und dann steht im ›Kirchenwirt‹ ein Gendarm hinter der Schank. Haben S' sauber mitgeschrieben, Herr Polt? Habedieehre!«

Peter Rohringer nahm einen Geldschein, zerknüllte ihn, ließ ihn fallen, spuckte auf den Boden und ging.

Eine Weile herrschte betretenes Schweigen in der Gaststube, dann wurde weitergeredet, allerdings merklich leiser. Simon Polt ärgerte sich nicht allzu sehr über Rohringers Auftritt und gestand ihm sogar zu, auch ein klein wenig recht zu haben – wie eben alle geschickten Schreihälse und Verführer. Er fragte sich aber, ob der Weinbauer womöglich mehr im Sinne hatte, als Polt zu provozieren. Vielleicht war Norbert Sailer wieder einmal dabei, seinem wenig geliebten Weingarten-Nachbarn Probleme zu bereiten.

Gegen Mittag leerte sich das Wirtshaus so rasch wie immer am Sonntag. Nur der Gehringer Fritz, dessen Frau die Stirn gehabt hatte, die Sauferei und die damit verbundenen Wutausbrüche ihres Mannes mit einer Scheidungsklage zu beantworten, blieb noch sitzen. Der Wirt erwies sich aber als zunehmend ungesellig, und so stand irgendwann auch der letzte Gast auf, grüßte mürrisch und ging.

Polt kochte Kaffee, setzte sich mit seiner Tasse an einen Fenstertisch und hörte der Stille zu. Viel Ruhe war ihm nicht gegönnt. Ein zufälliger Blick durchs Fenster ließ ihn Bastian Priml erkennen.

»Herr Polt! Darf ich eintreten oder ist schon der Ruhetag ausgerufen?«

Statt zu antworten, stand Polt auf, ging hinter die Schank und machte eine unbestimmte Handbewegung, die, guten Willen vorausgesetzt, auch als einladend zu deuten war. Priml trat näher. »Wie Sie sehen, bin ich wieder gewillt, Ihnen entgegenzukommen.«

»Wollen S' was trinken?«

»Ja, doch. Mineralwasser, leider. Oder vielleicht Tee, wenn's nicht zu viel Mühe macht.«

»Russisch oder Früchte?«

»Schwarz bitte, ohne Zucker. Ohne alles. Sie kochen ja nicht, wie? Bin noch nicht zum Essen gekommen heute.«

»Ich auch nicht. Würstel könnt ich uns heiß machen, Frankfurter.«

»Sie sind ein Schatz!«

»Gemütlich haben Sie's hier.« Priml aß begierig. »Jetzt werd ich unverschämt: Kren gibt's vielleicht auch?«

»Leider nein. Ist schon aus heute. Den aus dem Glasl mag ich nicht, und vom frischen Kren kann ich nur wenig einkaufen, weil ja die Woche über zu ist.«

»Natürlich. Ein Segen, dass Sie das Wirtshaus überhaupt am Leben erhalten, Sie und Ihre Freunde. Wird als Verein geführt, ohne Gewinnabsicht, wie?«

»War das eine dienstliche Frage?«

»Gott bewahre! Aber so bin ich eben. Alles interessiert mich. Ja, und diese Abmahnung neulich … Nehmen Sie's nicht so wichtig. Sie haben sich aufgeregt, und ich habe mich geärgert. Und schon gibt ein Wort das andere.«

»In Ordnung.«

»Wie geht es denn dem Herrn Sailer und seiner Frau?«

»Müssten Sie doch besser wissen, Herr Priml.«

»Müsste ich. Ist aber nicht der Fall. Norbert Sailer demonstriert mir Tag für Tag seine bemerkenswerte Qualifikation als Polizist, seine lupenreine Loyalität als Kollege und seine Überzeugung, dass er mich als Privatperson nicht zu interessieren hat.«

»Ist doch so, nicht wahr?«

»Ja und nein. Hängt schon auch alles zusammen. Ich bin zum Beispiel nicht nur hier, weil mich der Hunger übermannt hat.«

»Da schau her!«

»Jaja, spotten Sie nur, Herr Polt. Es wird Sie wundern, aber ich habe mir erzählen lassen, wie Sie damals die Sachen so angegangen sind, und ich habe versucht, daraus zu lernen. Zum Beispiel: Mitleben statt vorladen. Dabeisitzen statt gegenüber. Ist doch schon was?«

»Hm. Worauf wollen Sie hinaus, Herr Bezirksinspektor?«

»Ich will mir Arbeit ersparen. Zum Beispiel dieser Rudolf Weinwurm ..., doch auch ein ehemaliger Gendarm?«

»Ja. Weiß jeder. Eine Frage zwischendurch, Herr Priml: Haben Sie heute schon mit dem Norbert Sailer geredet?«

»Nein, warum?«

»Nur so ... Wie kommen Sie auf den Rudi?«

»Er ist von uns befragt worden. War ja naheliegend, dass er irgendwas wissen könnte, schon von Berufs wegen.«

»Ja, klar. Und was hat er g'sagt?«

»Wirres Zeug geredet hat er. Entweder will er sich wichtig machen oder er weiß wirklich was, rückt aber nicht heraus damit. Was ist er denn so für ein Mensch, Herr Polt?«

»Schwer in Ordnung – war er jedenfalls. Durch das Trinken hat er abgebaut, in jeder Hinsicht. Bleibt aber anständig im Großen und Ganzen.«

»Und gestern Abend?«

»Was gestern Abend?«

»Na, in Ihrem Wirtshaus?«

»Ja, sagen Sie einmal, lassen Sie mich überwachen?«

»Ruhig Blut, Herr Polt. Eine Nachbarin hat den Wirbel gehört und vorsichtshalber bei uns angerufen.«

»Ich kann mir denken, welche. Der Rudi hat aus heiterem Himmel einen Wutanfall bekommen. War aber gleich vorbei.«

»Und dann haben Sie ja mit dem Weinwurm zusammen das Wirtshaus verlassen ..., wohin?«

»Zu ihm nach Hause. Ein umgebautes Presshaus am unteren Ende der Kellergasse. Aber das wissen Sie ja.«

»Natürlich. Hat es einen bestimmten Grund gegeben, den Herrn Weinwurm zu begleiten?«

»Einen vernünftigen nicht. Leid hat er mir getan, und beunruhigt war ich auch – weil er sich so aufgeregt hat.«

»Worüber eigentlich?«

»Hat er mir nicht gesagt.«

»Und weiter, bei ihm zu Hause?«

»Was halt ein Besoffener so daherredet.«

»Verstehe. Soll ich aus der Schule plaudern, Herr Polt?«

»Gegenleistung?«

»Nicht so direkt, vielleicht auch gar keine. Ich bete nur zu Gott, sofern vorhanden, dass Sie es nicht wissen.«

»Was?«

»Auf dieser zerbrochenen Flasche sind Fingerabdrücke vom Herrn Weinwurm.«

Der Besuch des jungen Herrn

»Bist krank, Simon?« Frau Habesam, eben damit beschäftigt, ihr Kaufhaus zu öffnen, schaute zur Kirchturmuhr hinüber. »Gut eine Viertelstunde zu früh!«

»Ich hab nicht recht schlafen können.«

»Wegen dem Priml, hab ich recht? War gestern Nachmittag im ›Kirchenwirt‹. Und der Rohringer am Vormittag. Da kommt schon was zusammen, wie?«

»Ja. Langsam wird's ungut, Frau Aloisia. Alles spitzt sich zu.«

»Komm hinein, Simon, Kaffee trinken. Dann schaut die Welt wieder anders aus.«

Polt tunkte das Kipferl vom Vortag ein. »Ich mach's kurz, Frau Aloisia. So wie's derzeit ausschaut, hab ich nur zwei Möglichkeiten. Entweder ich denk nicht mehr nach, vergess alles und lass die Sache laufen, wie sie läuft. Oder ich tu, was ich kann, damit die G'schicht bald zu einem Ende kommt. Erst dann gibt der Priml nämlich Ruhe, erst dann. Wenn nur die nächsten paar Tage schon vorüber wären. Ich hab richtig Angst vor dem, was auf uns zukommen könnt.«

»Angst? So ein großer, starker Mann?«

»Es geht ja nicht um mich. Der Rohringer kann sich selber helfen, wenn das überhaupt je notwendig sein sollte.

Der Norbert hat einen klaren Kopf und wird schon wissen, was er tut. Aber die Birgit spielt nur die Starke, glaub ich, und jetzt hängt auch noch der Rudi Weinwurm mit drin. Der ist ein armes Schwein und gleichzeitig unberechenbar mit seinen besoffenen Aktionen, aber auch mit seinem Geschwätz. Was tun, Frau Aloisia?«

»Also, wenn ich Rat brauch in schwierigen Fällen, frag ich immer den Ferdl. Mein Verblichener, du weißt.« Sie schloss sinnend die Augen.

»Und was sagt er, der Ferdl?«

Frau Habesam kehrte aus meditativen Weiten zurück. »Der Simon soll die Finger davon lassen, sagt er. Was geht's ihn an. Er ist kein Gendarm mehr.«

»Soll ich wirklich?«

»Nein. Was der Ferdl gesagt hat, war schon immer ein Blödsinn. Also tust du das Gegenteil. Wann kommt die Karin Walter heute aus der Schule?«

»Um fünf ist Schluss.«

»Dann holst du sie ab und bringst sie zu mir.«

»Warum die Karin?«

»Erstens können wir uns auf sie verlassen, und zweitens weiß sie inzwischen mehr.«

»Aha. Nur ich bin wieder einmal der Blöde. Könnt auch die Grete, die Frau Hahn mein ich, dazukommen?«

»Die? In einem ehrbaren Haus?«

»Sie gibt zu, dass sie mit dem Toten, will sagen, als er noch gelebt hat..., also mit ihm...«

»Ich kann's mir denken. Her mit ihr!«

Bis zum konspirativen Treffen am späten Nachmittag hatte Polt frei bekommen. Er setzte sich aufs Fahrrad und wählte, ohne viel darüber nachzudenken, einen Güterweg, der zur Brunndorfer Kellergasse führte. Bald schon fielen ihm mit Kalk auf den Asphalt gemalte Richtungspfeile auf. Um Himmels willen! Morgen war Dienstag, und da sollte ja die große bürgermeisterliche Kellergassen-Inszenierung ihren Lauf nehmen. Polt hatte keinen Gedanken mehr daran verschwendet. Hoffentlich war Karin Walter umsichtiger gewesen und hatte eine Gruppe von Kindern auf die Führung vorbereitet.

Eines der Presshäuser in der langen, dem Talrand folgenden Kellergasse stand offen. Ein paar junge Männer, die Polt nicht kannte, bauten eben einen Grillplatz auf und stellten Tische und Bänke bereit. Polt beschloss, die Route des Radwandertages abzufahren – immerhin knapp dreißig Kilometer, wie er wusste. Er war demnach schon recht müde, als er am oberen Ende der Burgheimer Kellergasse anlangte und damit gut zwei Drittel der Strecke zurückgelegt hatte. Zu seiner freudigen Überraschung sah er, dass Sepp Räuschls Presshaustür offen stand. Er trat ein und blieb überrascht stehen. Die Weinpresse hier war ihm vertraut, ein schlichtes hölzernes Gerät ohne Pressbalken und Stein. Nur mit Muskelkraft wurde hier gearbeitet. Für Sepp Räuschl spielte das keine große Rolle. Er erntete nur eine vergleichsweise geringe Menge Trauben. Diesmal fand Polt die Presse aber in einem bemerkenswerten Zustand vor. Das Holz war kaum noch zu sehen unter zahlreichen Heiligenbildchen, frommen Kalenderblättern und anderem weihevollen Dekor. An einem Ende jener waagrechten Stange, die als Hebel diente, hing ein aus Leder gefertigter Flaschenbehälter, der *Kellerzöger*, am anderen Ende Sepp Räuschls Hut. Polt stand noch immer staunend da, als er den Weinbauern vom Keller herkommen sah. »Ja, Sepp, was ist denn da los?«

»Verschönert hab ich sie, die Weinpresse, für das Fernsehen, morgen.«

»Aber so hat die ja nie ausgesehen.«

»Die sollen Augen machen, das ist die Hauptsache. Die Welt soll sehen, was das Wiesbachtal zu bieten hat! Da schau her, Simon, weißt du, was das ist?« Er zeigte auf einen offenbar alten Goldrahmen. Hinter dem Glas war ein Bild von Kaiser Franz Joseph zu sehen, darunter das Foto eines jungen Mannes, umgeben von Federnbuschen und schmückendem Blattwerk. »So etwas haben sich die Burschen aus lauter Freude darüber geleistet, dass sie tauglich gesprochen worden sind. Und dann sind's mit Hurra und Marschmusik an die Front. Den Namen von meinem Vater kannst du am Kriegerdenkmal nachlesen. In Marmor! Goldschrift!«

»Da hat er was davon. Bekomm ich was zu trinken, Sepp?«

»Freilich.« Räuschl holte eine Flasche, entkorkte sie, goss ein. »Was sagst du dazu, Simon?«

Polt schaute, roch und kostete. »Nicht viel, Sepp, bin aber schwer beeindruckt. Da riecht man so richtig die Trauben und schmeckt sie dann auch, nicht wahr? Und ein schönes, molliges Runderl hat er.«

Sepp nickte befriedigt. »Das ist ein Veltliner-Weißburgunder. Von dem neumodischen Zeug beim Weinausbau halt ich nicht viel. Aber was das Verschneiden angeht, da macht mir nicht so schnell einer was vor. Magst hinunter in den Keller, Simon? Dann können wir uns durchkosten.«

»Ein anderes Mal gern. Aber ich brauch heute noch einen klaren Kopf, soweit das bei meinem Fetzenschädel möglich ist.«

»Aber geh. Du bist noch immer dahintergekommen, wenn du was wissen hast wollen.«

»Ist lang her. Älter werd ich, aber g'scheiter leider nicht. Danke jedenfalls. Und wir sehn uns dann morgen. Also ich könnt auf das Theater verzichten.«

Um fünf wartete Simon Polt vor Karin Walters Schule. Sie kam aus der Tür, und er wollte sie in die Arme nehmen.

»Nicht vor den Kindern, Simon. Warum bist du da?«

»Entzugserscheinungen, Karin. Und wir müssen zur Frau Habesam. Krisengipfel, wegen der Leiche im Weingarten. Mir ist gar nicht wohl. Es muss was geschehen.«

Karin Walter gab ihm nun doch einen keuschen Kuss auf die Wange. »Na dann!«

»Noch was: Hast wenigstens du an das Spektakel morgen in der Burgheimer Kellergasse gedacht?«

»Natürlich! Wann brauchst du die Kinder?«

»Gegen zehn Uhr Vormittag, für eine gute Stunde!«

»Und du wirst darauf achten, dass sie ihren Spaß haben, aber auch was lernen und nicht nur Blödsinn machen?«

»Ja, Frau Lehrerin.«

Die beiden fanden Frau Habesam und Grete Hahn in der Küche vor. Sie saßen nebeneinander auf einer weißgestrichenen Holzbank, steckten die Köpfe zusammen und kicherten. Als sie die Besucher bemerkten, legte sich einigermaßen gefasster Ernst über ihre Mienen.

Grete Hahn hob dennoch zu einer Erklärung an. »Männer, Simon. Über die lacht man besser, weil sie das Weinen nicht wert sind.«

»Na, na! Bleiben wir hier?«

»Nein.« Frau Habesam stand auf. »Man sieht von draußen Licht im Glas von der Küchentür. Da will dann alle paar Minuten jemand was von mir. Ich sperr besser zu, und wir gehen nach hinten ins Jagdzimmer.«

Polt schaute sich staunend um. »Wie kommen Sie denn zu so was, Frau Aloisia?«

»Hat sich der Ferdl eingebildet. Dabei war der nie im Leben ein Jäger. Darum gibt's auch keine Trophäen. Die paar Hörndln, die ich ihm aufgesetzt hab, hat er schlecht an die Wand hängen können. Alles echtes Zirbenholz. War sauteuer, aber das war es mir wert, dass er Ruh gegeben hat. Platz nehmen, bitte! Likör?« Sie wartete nicht erst eine Antwort ab, sondern servierte. »Goldteufel! Den hab ich zur Hochzeit geschenkt bekommen.« Sie hob ihr Glas: »Darauf, dass wir dem Simon auf die Sprünge helfen. Bringt ja allein nichts zusammen, so ein Mannsbild. Also: Ich hab das Foto in der Zeitung gesehen und hab alles gewusst. Eine Aloisia Habesam vergisst nicht! Als er damals bei uns war, lang her, du warst noch Gendarm, Simon, hab ich so G'schichten gehört und mir sofort gedacht, dass ein solcher Mensch unserer Gegend nicht guttun kann.«

»Warum?«

»Viel zu schön, viel zu charmant, viel zu g'scheit. So einer macht den jüngeren Frauen schnell einmal klar, mit was für Hackstöcken von Männern sie verheiratet sind. Und unsere Männer kriegen in so einem Fall eine Mordswut. Besser wär's gewesen, sie hätten sich was abgeschaut von ihm. Gottlob ist er nach ein paar Tagen wieder weg. Aber auch das war Zeit genug für Sachen, an die sich manche mit heimlicher Freude und andere mit unheimlichem Zorn erinnern. Eine Zeitbombe, dieser Mensch. Und auf einmal ist er wieder da und verschandelt als Leich ausgerechnet den Weingarten vom Norbert Sailer. Vorsicht, Aloisia, hab ich mir gedacht, nur nichts aufrühren. Aber jetzt wird ja doch mehr draus.«

Karin Walter leckte sich über ihre vom Likör klebrigen Lippen. »Gesehen hab ich ihn nie, Simon, aber von ihm gehört, sein Name war übrigens René Geiger. Ich habe nachgedacht und mich umgehört, von Frau zu Frau geht das ganz gut. Der Mann ist aus München gekommen, so einer, der weltweit in Weingegenden unterwegs ist, um immer wieder ganz was Spezielles zu entdecken, ein Wein-Scout, wie es in diesem scheußlichen Neudeutsch heißt. Offenbar war er ein hochkarätiges Exemplar seiner Gattung, für ganz berühmte Auftraggeber unterwegs. Er hat hier nur ein paar Weinbauern besucht, aber die werden ihn nie vergessen – ihre Frauen übrigens auch nicht.«

»Ein Schürzenjäger, ein besserer?«

»Glaub ich nicht. Mehr einer, der es als Geschenk genommen hat, wenn ihm was Schönes untergekommen ist, Wein oder Frau, wie auch immer.«

»Bin direkt froh, dass du nicht auch so was Schönes warst.«

»Geh, du! Aber jetzt noch was: Anscheinend hat niemand davon gewusst, dass er wiedergekommen ist. So ist mir das jedenfalls gesagt worden. Aber als dann das Foto in der Zeitung war, ist es für manche ein Schock gewesen. Und der Polizei gegenüber hat natürlich keiner und keine mit dem Mann etwas zu tun haben wollen.«

»Weißt du, ob er mit dem Peter Rohringer Kontakt gehabt hat?«

»Es wird geredet, dass er ihm ziemlich arg auf die Zehen getreten ist, wegen seiner Wein-Geschichten. Ich kenn mich da nicht aus.«

»Und der Weinwurm Rudi?«

»Kann ich mir nicht denken, Simon. Der ist ja kein Weinbauer, und Frau hat er auch keine.«

»Stimmt. Der Norbert Sailer sagt übrigens, dass ihm das Gesicht bekannt vorkommt, aber mehr kann er damit nicht anfangen.«

»Wenn dieser René Geiger mit ihm im Keller war, erinnert sich der Norbert an ihn, als ob es gestern gewesen wäre.«

»Na, dann vielleicht in einem anderen Zusammenhang ... Sag einmal, Grete, du als Frau: Wenn so einer nach vielen Jahren wieder ins Wiesbachtal kommt, wen sucht er zuerst auf?«

»Mich. Alles andere würde mich eifersüchtig machen. Aber ich war wohl nicht so einfach zu finden für ihn, hab damals woanders gewohnt, und fragen hat er wahrscheinlich nicht wollen. Also vielleicht doch die Zweitliebste?«

Vor und hinter den Kulissen

Was für ein Tag! Den späten Abend verbrachte Simon Polt behaglich bei sich zu Hause. Er hatte eine Flasche Wein geöffnet, ein Geschenk Sepp Räuschls. Feierlich war er gestimmt gewesen, der alte Knabe, bei der oftmaligen Präsentation seiner Weinpresse. Die nicht minder häufigen Verkostungen im Keller hatten zur weiteren Verklärung seines Gemütes beigetragen. Polt trank und schaute ins Licht seiner Kellerkerze. Sie passte zwar nicht in ein Wohnhaus, war aber für ihn eine schöne Erinnerung an jene Zeit, in der es noch kaum elektrisches Licht in den Weinkellern gab. Damals nahm einer, der nach unten ging, eben mit der brennenden Kerze eine kleine flackernde Helligkeit mit in die Unterwelt.

Des Bürgermeisters Schwiegersohn, der den ortsunkundigen Besucher in der Kellergasse gespielt hatte, war mit so betäubender Gastfreundschaft empfangen worden, dass er sein geplantes Ziel nicht erreichte und schon im Höllenbauer-Keller, ein Potpourri alter Wienerlieder intonierend, in eine höhere Bewusstseinsebene entschwebte. Das Fernsehteam hingegen erlag in Norbert Sailers Keller dem klugen Charme des Weinbau-Polizisten und war zur späten Stunde vollends davon überzeugt, den ganzen Tag lang ein Paradies auf Erden gefilmt zu haben. Sehr eindrucksvoll gestaltete sich auch Alois Reiters wiederholte Geburtstagsfeier mit Blasmusik. Der rüstige Jubilar hatte die Geschenke, die er vor zwei Wochen bekommen hatte, wieder festlich verpackt, und der Bürgermeister ließ es sich nicht nehmen, einen Geschenkkorb auf Kosten der Gemeinde mit allen Köstlichkeiten füllen zu lassen, die Frau Habesams kulinarisches Universum aufzubieten hatte: Buchstabensuppe und Dosenbohnen, Kochschokolade und Zwieback, Fisch in Tomatensauce, Quargel, Spiralnudeln und Malzkaffee. Der Korb selbst blieb allerdings Eigentum des Kaufhauses. Als eine Art Wanderpokal wurde er stets aufs Neue gefüllt. Nichts wäre Frau Habesams grundvernünftiger Gemütsart mehr zuwidergelaufen als ein leerer Korb, der nutzlos auf irgendeinem Schlafzimmerkasten verstaubte. Siebenmal war das hochherzige Geschenk vor laufender Kamera überreicht worden, bis endlich das Gesicht des Reiter Loisl ausreichend Rührung und Überraschung zeigte. Der Pfarrer hatte als Ehrengast und Festredner ungeniert in himmlischer Lebenslust geschwelgt, um sich dann aber doch mit irdischen Gütern, einem großzügigen Weinpräsent nämlich, beladen zu lassen.

Nicht zuletzt hatte Polts Kellergassen-Führung eindrucksvoll bewiesen, wie gut der ehemalige Gendarm mit Kindern umgehen konnte. So gesehen, gab es für ihn einen Grund mehr, seiner Vaterschaft mit heiterer Zuversicht entgegenzusehen. Er hatte es sogar geschafft, auch noch rechtzeitig die vorgeschriebene Strecke des Radwandertages zu bewältigen, und war mit den Kontrollstempeln der fünf Labestellen berechtigt, an der Tombola teilzunehmen. Obwohl es recht kühl war, fand die Verlosung im Freien, auf der Wiese vor dem Gebäude der Feuerwehr, statt. Erwin Bär, Multifunktionär als Schulwart, Totengräber und Obmann des Radwander-Vereines, führte, vor einem reich beladenen Traktor-Anhänger stehend, die Verlosung wortgewaltig und bierlaunig durch. Seitdem besaß Polt eine in

Taiwan gefertigte Statuette des heiligen Florian, eine Thermoskanne und einen Regenmesser, war also für die Wechselfälle des Lebens gerüstet.

Am Nachmittag kam dann noch mehr Leben in die Kellergasse, weil die Einwohner von Burgheim, aber auch Leute aus den Dörfern ringsum neugierig geworden waren. So wurde aus inszenierter Betriebsamkeit echtes Getümmel, und manch ein Weinbauer, der seit Jahren die Kellertür nicht mehr aufgesperrt hatte, zeigte an diesem Tag stolz sein unterirdisches Reich her. Ja, und noch etwas war geschehen: Friedrich Kurzbacher, der ja auf Geheiß des Bürgermeisters den alten Hans Hornung in seinem Presshaus aufsuchen sollte, hatte festgestellt, dass er mit dem ihm bisher völlig unbekannten Weinbauern angenehm reden und trinken konnte, und ihn sogar in sein Presshaus nach Brunndorf eingeladen. Das kam im Wiesbachtal einer Sensation gleich. Traditionell gepflegte Abgrenzungen und spielerisch ausgelebte Rivalitäten zwischen den Dörfern hatten stets verlässlich dafür gesorgt, dass es zu keinen unerwünschten Vermengungen kam. Der Besuch eines Burgheimer Weinbauern in der Brunndorfer Kellergasse war somit ein bedeutender und bedeutsamer Brückenschlag. Wenigstens etwas, überlegte Polt, das über den Tag hinaus Bestand hatte.

Er saß noch lange da, eine gedachte und geträumte Karin Walter neben ihm, dann ging er frohen Mutes ins Bett. Gegen sechs Uhr früh wachte Polt auf und stellte fest, dass Karin Walter aus seinem Kopf verschwunden war. Er dachte an Birgit Sailer. Verdammt noch einmal, er musste mit ihr reden, und zwar bald.

Als er bei Frau Habesam eintraf, war sie eben dabei, den leeren Geschenkkorb zu verstauen. »Muss schnell gehen, mit dem Zurückgeben, sonst spielen die Kinder damit! Einmal hat sogar eine Katze ein Lackerl hineingemacht. Man riecht's aber fast nicht mehr.«

»Wissen Sie, Frau Aloisia, ob der Norbert heute Dienst hat?«

»Was ist denn für ein Tag, ah ja, Mittwoch. Da sollt er in Breitenfeld sein. Warum fragst?«

»Weil ich mit der Birgit reden muss. Allein.«

»So, musst du. Aber pass auf, die ist ein Porzellanhäferl, Simon: hart, dünn und zerbricht leicht.«

Gegen zehn Uhr machte sich Polt auf den Weg, sah Norberts Auto nicht vor dem Haus stehen, trat ein und klopfte an die Küchentür.

»Nur herein!«

Birgit stand mit dem Rücken zu ihm am Herd. Das kann's doch nicht geben, dachte Polt, dass ein Rücken bekümmert ausschaut. Ist aber so. Birgit drehte sich um. »Du bist es, Simon, schön! Kaffee?« Sie lächelte und schaute so munter in die Welt, wie es Polt seit jeher von ihr kannte.

»Ja, bitte. Du wunderst dich gar nicht, dass ich da bin?«

»Mich wundert nichts mehr neuerdings.«

»Wie versteh ich das?«

»Der Priml war gestern bei mir. Da, wo du sitzt, ist er gesessen, und wir haben Kaffee miteinander getrunken.«

»Das ist die neue Masche von ihm. Offenbar kommt er auf die harte Tour nicht weiter. Was wollt er denn wissen, der Herr Bezirksinspektor?«

»Zuerst gar nichts. Dass ihm in Wien die Freundin davongelaufen ist, hat er mir erzählt. Er hat's nicht mehr ausgehalten in der Stadt und ist zu uns aufs Land gekommen.«

»Der Ärmste. Und weiter?«

»Das Rezept vom Apfelstrudel wollt er haben.«

»Was will der nicht haben. Und?«

»Bist aber auch ganz schön neugierig, Simon. Er hat mir erzählt, dass es ihm bei uns im Wiesbachtal so geht wie den Carabinieri in einem sardischen Banditen-Dorf.«

»Cara… was?«

»Das sind italienische Polizisten, und die haben's natürlich schwer in Sardinien: Blutrache, Fehden, Mafia… Die Einheimischen handeln nach ihren eigenen Gesetzen, fällen ihre Urteile über ihresgleichen und vollziehen sie auch – notfalls mit einem Mord. Und die Polizei darf den traurigen Rest wegräumen und verwalten.«

»So arg ist es aber nicht bei uns.«

»Wirklich nicht? Und wie ich damit umgeh, wollt er wissen: als Frau eines Polizisten ein wenig außerhalb der Dorfgemeinschaft und als Weinbäuerin mittendrin. Hab ich ihm halt erzählt.«

»Und der Weinwurm Rudi war kein Thema?«

»Doch.«

»Du, Birgit, ich hab ein ungutes Gefühl im Magen. Könnten wir darüber reden, ernsthaft, mein ich?«

Sie trat an Polt heran, nahm seinen Kopf zwischen beide Hände und drückte ihn an sich. »Ja, können wir. Aber nicht im Haus. Der Norbert schaut immer wieder einmal vorbei, wenn er grad in der Nähe ist. Gehen wir spazieren?«

»Komm, Simon! Hier geht's in einen verlassenen Teil der Brunndorfer Kellergasse. Da ist kein Mensch.«

»Kenn ich.« Sie folgten einem Hohlweg, halbverfallene Presshäuser an beiden Seiten, Mauern und Dächer überwuchert.

Birgit blieb stehen. »Was hat dir der Weinwurm Rudi erzählt?«

»Sein verpfuschtes Leben erst einmal. Und ... das wirst du noch nicht wissen ..., ich bin fast sicher, dass er im Wirtshaus durchgedreht hat, weil ihm der Mann auf dem Foto bekannt vorgekommen ist. Ich hab ihn später darauf angesprochen, und er hat mit irgendwelchen dunklen Andeutungen geantwortet. Seit vorgestern weiß ich, wer dieser Mann ist und was mit ihm los war. Hast du ihn gekannt?«

»Ja. Und ich bin wahrscheinlich die Einzige, die ihn lebend gesehen hat, als er wiedergekommen ist.«

»Birgit!«

»Erschrick nicht, Simon, es ist halb so dramatisch. Damals, vor vielen Jahren, wär fast was gewesen zwischen mir und ihm, aber nur fast. Als er dann auf einmal wieder in der Tür gestanden ist, war noch weniger. Ich hab ihm halt schonend beigebracht, dass nichts werden kann aus uns.«

»Hast du dem Norbert je davon erzählt?«

»Ja und nein. Wir versuchen nicht zu lügen, alle zwei. Das erste Mal war er misstrauisch und eifersüchtig, hat mich aber nicht weiter gefragt. Für so was ist er zu stolz. Und neulich, noch bevor ihr zwei im Weingarten ..., du weißt schon, Simon ..., hab ich einmal beiläufig erwähnt, dass der Geiger offenbar wieder im Wiesbachtal ist. Es hat gegärt im

Norbert, die ganze Zeit über, das hab ich gespürt. Wenn mein Mann erfahren hätte, dass der Geiger mich besucht hat …, es wär was passiert, das kannst du mir glauben. Versteh doch: Wir haben dir nichts sagen können, weil du die Sache mit dem Toten im Weingarten dann ganz anders gesehen hättest. Anders und grundverkehrt. Aber seit du und der Priml auf den Rudi gestoßen seid, ist das auch egal. Der Mensch wird sich und alle anderen um Kopf und Kragen reden. Ist doch so!«

»Wirst recht haben.«

»Und jetzt noch was, Simon, wenn ich schon beim Reden bin. Du hast die Wohnung vom Rudi gesehen, und von der sauberen Unterwäsch wird er dir erzählt haben, erzählt er ja jedem irgendwann. *Ich* halt die Wohnung sauber, *ich* wasch die Wäsche.«

»Dein Mann wird wohl davon wissen …«

»Ja. Und er weiß noch mehr. Ich hab was mit dem Rudi. Frag mich bitte, bitte nicht, warum.«

Etwas Fremdes, Wütendes war jetzt in ihrem Gesicht, Polt konnte nichts damit anfangen. Sie hob die Hand, als wollte sie ihn berühren, wandte sich heftig ab und rannte davon.

Mannsbilder

Polt machte keinen Versuch, Birgit Sailer aufzuhalten, blieb stehen und überlegte, wie es weitergehen konnte. Sie hatte ihm, wenn auch spät, viel Vertrauen geschenkt. Doch gar so viel eigentlich nicht. Sie musste damit rechnen, dass der

Rudi weiter schwätzen würde. Es war wohl besser, sie jetzt einmal in Ruhe zu lassen und so bald wie möglich mit dem Norbert zu reden und mit diesem unglückseligen Menschen von Weinwurm. Polt seufzte unwillig. Also zurück zur Frau Habesam, bevor sie wegen seiner langen Abwesenheit allzu neugierig wurde und womöglich Birgit Sailer anrief.

»Na, Simon? Bist g'scheiter als vorher?«

»Ich wär's lieber nicht. Die Birgit steckt bis zum Hals im Schlamassel.«

»Also doch.«

»Dann muss ich ja nicht viel erzählen?«

»Deine Karin und die Grete Hahn sind ja Freundinnen von der Birgit. Sie wären keine, wenn sie nichts gespürt und geahnt hätten. Was denn jetzt genau?«

»Das behalt ich lieber für mich, bis ich weiß, was es bedeuten könnte. Nicht beleidigt sein deshalb, Frau Aloisia!«

»Aber geh!«

»So diskret kenn ich Sie gar nicht!«

»Mein Seelenleben, lieber Simon, ist mindestens so gut sortiert wie mein Warenlager. Und das will was heißen. Magst heimgehen oder arbeiten?«

»Arbeiten. Tut gut und lenkt ab.«

»Sehr klug, erstaunlich klug für einen Mann. Dann steigst du jetzt in den Dachboden hinauf. Dort werd ich ja mein Lebtag nicht mehr hinkommen. Was wirklich zum Wegschmeißen ist, tragst du nach hinten in den Hof, und am Freitag kriegt's die Müllabfuhr. Alles andere bringst auch herunter. Abwaschen, Abstauben und irgendwo hinlegen, wo's trocken bleibt. Und sei gefälligst nicht so großzügig wie bei den Salzgurken. Am Sonntag veranstalten wir zwei dann einen großen Flohmarkt. Es muss Geld ins Haus!«

»Aber Sonntag hab ich Dienst im ›Kirchenwirt‹.«

»Soll dich einer von deinen Vereinsbrüdern vertreten. Alles klar?«

»Ja, Frau Aloisia.«

Es dämmerte schon, als Polt nach Hause kam. Er war müde. Frau Habesams Dachboden hatte sich als Sperrmüll-Lager von furchterregenden Ausmaßen präsentiert. Czernohorsky widmete sich seinem gefüllten Napf mit gutem Appetit, warf Polt einen abschätzenden Blick zu, entschloss sich zu einer versöhnlichen Geste und strich um die Hosenbeine seines Mitbewohners. Er ließ es sogar zu, dass Polt ihn aufhob und an sein Gesicht drückte. »Bist auch kompliziert, Kater, aber einfacher kompliziert.« Er setzte Czernohorsky sanft auf seinen Lieblingspolster, aß lustlos irgendwas und trank den Rest von Sepp Räuschls Wein, doch nicht, weil er Lust darauf hatte, schon eher, um sich ein wenig zu betäuben. Er wartete geduldig, bis die Gedanken schwerfällig wurden und sich später langsam an die Nacht verloren. Er schlief nicht gut, träumte viel, und in einem dieser Träume schrillte das Telefon. Der Traum riss ab, das Geräusch blieb. Polt stand verwirrt auf und nahm den Hörer ab.

Norbert Sailer rief an. Das sei nicht seine Art, so mitten in der Nacht, doch diesmal …, die Birgit ist weg! Nein, bei keiner ihrer Freundinnen. Einfach weg. Und Angst habe er, Angst wie noch nie im Leben. »Kommst am besten zu mir«, sagte Polt. Dann griff er nach seinem Bademantel und ging in die Küche, um Kaffee zu kochen. Nur wenige Minuten später war Norbert Sailer da. »Danke, Simon, ich weiß gar nicht, was ich sagen soll.«

»Jetzt trink einmal Kaffee. Oder magst ein Bier zur Beruhigung?«

»Nein, lieber nicht.«

»Wissen die Kollegen in Breitenfeld Bescheid?«

»Das fehlte gerade noch.«

»Warum eigentlich? Ach so …« Polt dachte nach. »Fahr mir jetzt nicht an den Hals, Norbert. Vielleicht bin ich dran schuld, dass die Birgit weg ist.«

»Jetzt versteh ich gar nichts mehr.«

Polt berichtete von seinem Gespräch, und er ließ dabei kaum etwas aus, erzählte aber nichts davon, dass Geiger Birgit besucht hatte. Norbert Sailer hörte ruhig zu, und irgendwann glaubte Polt sogar die Andeutung eines Lächelns im Gesicht seines Freundes zu erkennen.

»Du hast nicht anders können, Simon, sie hat nicht anders können. Und dann hat sie die Nerven weggeschmissen, weil sie mich belastet hat, indirekt wenigstens. Diese Frau ist viel zu gut für mich. Möchtest du eine Geschichte hören, Simon, eine über mich, und es ist die Geschichte eines Feiglings.«

»Den Feigling nehm ich dir nicht ab.«

»Du wirst schon sehen. Was dir die Birgit erzählt hat …, jedes Wort stimmt. Die kann gar nicht lügen, höchstens mir zuliebe, und dann tut ihr das sehr weh. Die Geschichte eines Feiglings, hab ich gesagt, nicht wahr? Es ist auch die Geschichte eines Versagers.«

»Jetzt hörst aber auf! Grad du …«

»Grad ich. Ein Versager als Mann, verstehst? Impotenz, ich will, aber ich kann nicht. Eher psychisch bedingt, glaub ich, ist aber ohnehin egal, das Ergebnis bleibt das gleiche. Das ändert nichts daran, dass wir einander lieben, ganz wild und stark, so kitschig das vielleicht klingt. Aber sie ist jung, Simon. Unerfüllte Sehnsucht ist schwer auszuhalten, und genau darum soll sie ihren Rudi Weinwurm haben.«

»Ausgerechnet den?«

»Ausgerechnet den. Ich bin vielleicht tolerant als Ehemann, viel zu tolerant wahrscheinlich, aber nicht blöd. Außer einer Erektion bringt der Rudi nichts mehr zusammen, eine harmlose Null als Persönlichkeit, aber nicht unsympathisch. Ich bin sogar ganz gut mit ihm, damit ich immer die Kontrolle darüber habe, wie sich die Sache entwickelt. Aber da entwickelt sich nichts, rein gar nichts. Soll sich die Birgit bei ihm holen, was sie braucht. Mehr wird sie mit so einem Menschen nie verbinden. Und nur das ist mir wichtig, verstehst du?«

»Nein. Ja, meinetwegen.«

»Hat sie dir erzählt, warum sie mit dem Weinwurm…«

»Nein.«

»Siehst du, so ist sie. Die würd sich eher die Zunge abbeißen, als etwas Schlechtes über mich zu sagen, oder auch nur was Peinliches.«

»Mein ich auch. Und weiter?«

»Jetzt kommt der Feigling ans Licht. Natürlich hab ich den René Geiger gekannt, gut auch noch. Wir waren fast befreundet miteinander. Was den Wein angeht, hat jeder hier im Wiesbachtal von ihm lernen können, und nicht nur im Wiesbachtal, davon bin ich überzeugt. Seitdem lass ich zum

Beispiel viel mehr Blätter auf den Weißweinstöcken, damit die Sonne nicht gar so aggressiv durchkommt, und ich zieh als Assimilationsflächen Laubwände hoch. Im Presshaus lass ich den Traubensaft länger ohne Hefe auf der feinen Maische liegen – und dann, im Keller … Doppelsalzentsäuerung, damit auch die Apfelsäure weniger wird, spezielle Bakterienkulturen, Reinhefen … Doch was red ich, ist vielleicht wichtig für einen Weinbauern, nicht für einen Ehemann. Und für den, für den hat es irgendwann einen Verdacht gegeben, was red ich, Simon, eine Gewissheit, unerträglich für mich. Irgendetwas war zwischen der Birgit und ihm, auch wenn sie nicht miteinander geschlafen haben, wie sie dir heute gesagt hat. Aber es war nichts Banales wie mit dem Rudi, sondern was Ernsthaftes, Tiefes. Natürlich war ich viel zu eitel als Mann, um ihm das Haus zu verbieten oder mit der Birgit darüber zu reden. Ich war scheißfreundlich zu ihm, hab zugeschaut, halb verrückt vor Angst und Wut, und ich hab gelitten und gelitten. Dann war er plötzlich weg, knapp bevor es mir zu viel geworden ist, Gott sei Dank.«

»Und auf einmal war er wieder da, nach vielen Jahren.«

»Ja. Die Birgit hat irgendwen davon reden gehört. Ich hab ihn allerdings erst als Leiche wieder gesehen, gemeinsam mit dir. Und jetzt sag ich dir etwas, Simon: Hätt ich den Hund in der Küche mit der Birgit angetroffen, oder womöglich sogar woanders – ich hätt ihn in der Luft zerrissen, zu einem Krüppel geschossen und dann noch mit Füßen getreten.«

»Du also nicht. Wer dann?«

»Das soll der Kollege Priml herausfinden. Ist es schlimm,

wenn ich dir sage, dass es mich zutiefst befriedigt und beruhigt, dass der Geiger krepiert ist?«

»Kann ich verstehen, irgendwie.«

»Gut. Aber etwas kann ich nicht verstehen: Meine Feigheit nämlich. Ich hätte dir vom ersten Augenblick an die ganze Wahrheit sagen müssen und darauf vertrauen, dass du als guter Gendarm nach dem ersten Schrecken den Dingen schon das richtige Gewicht geben wirst. Dann wär ich heute glaubwürdiger, und du müsstest keinen Gedanken daran verschwenden, ob ich nicht schon wieder lüge. So aber hab ich dir das Leben schwergemacht und der Birgit unerträglich. – Was tun wir jetzt, Simon?«

»Erst einmal die Geschichte abschließen. Angenommen, der Priml findet alles heraus, was du mir erzählt hast …, wie stehst du dann da?«

»Mitten im Leben, Simon. Es ist doch wirklich grotesk, dass ich schon wieder dem Rudi dankbar sein muss – er mir übrigens auch. Erst heut hab ich erfahren, dass die Fachleute die Tatzeit verlässlich eingrenzen konnten. In der Nacht also, die für Selbstmord oder Mord in Frage kommt, haben ich und der Rudi in meinem Keller schwer gesoffen, und zwar bis zum Morgengrauen. Dafür gibt es sogar Zeugen, und der Rudi kann nichts sagen als die Wahrheit.«

»Und seine Handschrift im Notizbuch?«

»Mir unerklärlich. Wird schon noch herauskommen. Es ist mir so was von gleichgültig. Die Birgit muss wieder her. Es gibt nichts Wichtigeres in meinem Leben!«

»Also, du hast ihre Freunde und Freundinnen angerufen. Wirklich alle?«

»Wirklich alle.«

»Auch den Rudi?«

»Nein. Ich hab mich nicht getraut, mit ihm zu reden. Keine Ahnung, wie der auf so eine Nachricht reagiert.«

»Dann red ich mit ihm. Darf ich?«

»Da fragst du noch! Tu, was du willst, Simon, ohne Rücksicht auf mich, du hast freie Hand. Und wenn du glaubst, dass die Polizei helfen muss, sag's mir und ich mach die Anzeige. Tu, was du kannst, bitte! Die Birgit ist eine starke Frau. Wenn die wegrennt, droht Unheil.« Sailer hatte Tränen in den Augen.

»Schon gut. Magst bei mir bleiben? Du kannst auf der Polsterbank schlafen, wenn dich der Kater lasst.«

»Nein, ich muss zurück. Was ist, wenn sie doch noch kommt? Und, Simon: danke. Du hast was gut bei mir, viel, jede Menge.«

»Morgen wissen wir hoffentlich mehr.«

Herbergssuche

Am nächsten Morgen rief Polt Frau Habesam an und bat sie um einen freien Tag. Von Birgit Sailers Verschwinden sagte er nichts, weil er Gerede vermeiden wollte.

An ein Gespräch mit Weinwurm war allerdings erst gegen Mittag zu denken, wenn der Rudi den ärgsten Rausch ausgeschlafen hatte. Polt nützte die Zeit für einen Besuch bei Norbert Sailer, dienstfrei an diesem Tag. Gemeinsam gingen sie die Namen aller Personen durch, mit denen Birgit Kontakt hatte. Familie gab es keine mehr. Lieblingsplätze im Wiesbachtal? Orte der Kindheit, die sie immer noch mochte? Na ja, einer ihrer Spielplätze vielleicht, das einschichtige Hexenhaus am Talrand unter dem Linsbühel…, ob die Gerda Habinger überhaupt noch lebte? Polt konnte sich jedenfalls nicht erinnern, von ihrem Tod gehört zu haben. Norbert Sailer wollte sich nicht mit ihr abgeben, sondern mit dem Auto die weitere Umgebung absuchen. Simon Polt stieg aufs Fahrrad und hoffte, den Weg zum Linsbühel wiederzufinden. Sein letzter Besuch bei Frau Habinger lag viele Jahre zurück. Ein Dieb war nachts zuvor in ihr Haus eingedrungen, und sie hatte ihn mit dem Stock dermaßen unbarmherzig verprügelt, dass er blutend zu Boden gegangen war. Polt wollte damals überprüfen, ob sie es mit der Notwehr vielleicht ein wenig übertrieben hatte, und konnte von Glück reden, dass nicht auch er die Schlagkraft ihrer Argumente zu spüren bekam.

Zu seinem Erstaunen fand er auf Anhieb sein Ziel, bog in einen grasigen Seitenweg ein und sah auch schon Frau Habingers Anwesen vor sich. Rebhänge bildeten am Rand des flachen Talbodens eine kleine Bucht, in der ein merkwürdiges Gebäude stand. Die seit jeher allein lebende Frau, bettelarm, aber reich an Ideen, hatte zuerst in einem jämmerlichen Holzverschlag gehaust. Nach und nach war es ihr gelungen, anderswo nicht benötigtes Baumaterial zu sammeln: zerbrochene Ziegel, Steine, Holz, aus Bauschutt geborgene Balken und Fensterrahmen. Außerdem hatte sie in der Nähe ein kleines Lehmvorkommen entdeckt. Gerda Habinger baute ihr Haus nicht, sie ließ es wachsen, bis es ihren Bedürfnissen entsprach. So nebenbei pflanzte sie noch Bäume und Büsche ringsum und war erst zufrieden, als das Grün beinah über dem niedrigen Dach zusammenschlug. Jetzt, so früh im Jahr, stand das Haus aber frei. Polt sah, dass die Fensterscheiben geputzt waren, und trat zuversichtlich näher. Er wollte gerade an die Tür klopfen, als sie geöffnet wurde. Eine Geruchswolke aus Kräutern, Suppe und Seife hüllte ihn ein, und er schaute in ein kleines, pfiffiges Dörrzwetschgen-Gesicht. »Da schau her! Der Polt. Ich hab nichts angestellt, Herr Gendarm, geh zum Teufel.«

»Ich bin kein Gendarm. Schon lang nicht mehr.«

»Ah so? Aber neulich warst du doch bei mir.«

»Auch schon lang her.«

»Was ist lang? Nächstes Jahr werd ich neunzig. In dem Alter ist lang wie kurz und kurz wie lang. Was stehst denn da herum?«

Polt folgte ihr in den einzigen Raum des Hauses. Für Klo und Dusche, erinnerte er sich, gab es einen kleinen Anbau. Das Fließwasser lieferte eine Regentonne auf dem Dach. »Nicht bös sein, wenn ich mit der Tür in Haus fall. Ist vielleicht die Birgit Sailer bei Ihnen?«

»Letzten Sommer war sie da und hat mir geholfen mit dem Dach, komm ja nicht mehr hinauf. Und früher, als Kind, war sie mit ihren Freundinnen öfter bei der Hex, bei mir also. Na, dass sich die nichts Besseres gefunden hat als einen Polizisten? So eine Fesche, Lustige.«

»Der Norbert passt schon. Und wenn die Birgit nicht da ist, geh ich gleich wieder.«

»Was ist denn los mit ihr?«

»Nichts Besonderes.«

»Ja, freilich. Drum schaust ja drein wie ein Dackel mit Bauchweh. Ist sie ausg'rissen?«

»Wie kommen Sie darauf?«

»War immer so. Wegen jeder Kleinigkeit. Weit ist sie nie weg, damit sie nur ja schnell gefunden wird. Oft war sie bei mir, hat sich im Garten versteckt und sich tot gestellt, wenn sie die Mutter holen gekommen ist – damit die nur ja recht erschrickt. Die Birgit war mehr weg als da, sag ich dir. Jetzt also wieder einmal ...«

»Ja. Aber diesmal geht's leider um keine Kleinigkeit.«

»Dann sitz nicht bei mir herum, Simon. Tu was!« Sie wiegte nachdenklich den Kopf. »Was hat sie sich auch einen Polizisten nehmen müssen ...«

Gegen elf stand Polt vor Rudi Weinwurms Behausung. Die Tür war unversperrt, er trat ein und sah den ehemaligen Kollegen halb angezogen im Bett liegen. Von der Ordnung, die Polt bei seinem letzten Besuch bewundert hatte, war nicht mehr viel zu sehen, und in der Luft lag der säuerliche Geruch von Erbrochenem. »He, Rudi! Aufwachen!« Keine Reaktion. Polt schüttelte ihn heftig. »Wird's schon! Die Birgit ist weg, Rudi!«

»Die Birgit?« Weinwurm öffnete die Augen, richtete sich auf und stöhnte. »Gott, was ist mir schlecht ... Was faselst du von der Birgit?«

»Weg ist sie, abgängig, seit heute Nacht.«

»Und bei mir war sie auch nicht. Zusammenräumen, Wäsch holen und so weiter und so fort.« Er schlug sich auf den Mund. »Großes Geheimnis!«

»Ich weiß Bescheid, Rudi. Wasch dich, zieh dich an, wir müssen dringend reden und miteinander nachdenken.« Er griff in die Rocktasche. »Da hast Kopfwehpulver.«

Weinwurm seufzte, stierte vor sich hin und versuchte offenbar einen klaren Gedanken zu fassen. »Warum das alles? Reden wir gleich da.«

»Du gehörst hinaus, Rudi, das Hirn lüften. Wir machen einen Spaziergang.«

»Willst mich umbringen?«

»Langsam, Simon, ich spür jeden Schritt wie ein Messer im Kopf. Und die Kraft ist schon lang weg.«

»Jammern kannst nachher. Jetzt geht es um die Birgit. Hast sie gern?«

»Ich sie schon.«

»Und sie dich?«

Rudi deutete grinsend auf sein Hosentürl. »Nur den da.«

»Jetzt denk einmal nach. Weißt du, wo sie sein könnt?«

»Bei der Hahn, der alten Flitschen. Da braucht keine der anderen was vormachen.«

»Dort ist sie aber nicht.«

»Denk ich halt weiter nach. Lass mir Zeit, Simon. Weißt du, wie's ausschaut in meinem Kopf? Maden! Fette, weiße Maden, langsam kriechen sie durcheinander, fressen das Hirn auf, die Mistviecher, die elendigen …«

Polt war unwillkürlich in jenen verlassenen Teil der Kellergasse eingebogen, wo er mit Birgit Sailer geredet hatte. Er ließ den Rudi erst einmal in Ruhe. Schweigend gingen sie nebeneinander her. Weinwurm warf ihm einen gequälten Blick zu. »Wie lang denn noch?«

»Ein paar Minuten. Du hast mich in dein Presshaus eingeladen, heute bist du in meinem zu Gast. Kannst auch was zu trinken haben.«

»Um Gottes willen.«

»Na, Rudi, was sagst du?«

»Dir räumt aber niemand zusammen.«

»Das Presshaus hat dem alten Ignaz Reiter gehört, und ich hab's seinen Erben abgekauft. War ein Sonderling und ein Sammler, der Ignaz. Und ich hab eine Riesenfreude mit dieser Rumpelkammer, oder sollt ich Schatzkammer sagen? Komm, Rudi, alter Kollege, setz dich her.« Polt griff nach den Zündhölzern. »Kerzenschein, ganz romantisch. Elektrisches Licht hab ich keins. Magst ein Mineralwasser?«

»Ja, bitte. Weißt was? Ich hab Angst um die Birgit. Du bringst sie uns wieder, Simon, versprochen?«

»Wer ist *uns*?«

»Der Norbert und ich. Er ist ihr Mann, und ich häng an ihr. Und ich schwöre ...«, er hob theatralisch die Hand, »... ich rühre sie nicht mehr an, nie wieder!«

»Warum jetzt auf einmal?«

»Weil nichts Gutes dabei herauskommt, ganz und gar nichts Gutes. Hab ich immer gewusst. Und dann halt immer wieder vergessen.« Er warf Polt einen scheuen Blick zu. »Also dass ich mit dir noch einmal so zusammensitzen würde, fast wie in alten Zeiten ...«

»Passt schon, nicht wahr? Sag einmal: Den René Geiger hast du natürlich gekannt.«

»Gekannt und gehasst, den feinen Herrn, wegen der Birgit, verstehst? War alles wieder da, als ich das Foto gesehen hab. Alles wieder da, alles ... Wie er hineingekrochen ist in sie, wie ein Aal, ein schleimiger. Und jetzt ist er krepiert. Wunderbar! Herrlich! Wie Weihnachten!«

»Du, der Norbert hat mir erzählt, dass ihr zwei in der fraglichen Nacht, ich mein, als der Geiger im Weingarten zu Tode gekommen ist, in seinem Presshaus und im Keller bis zum Morgengrauen getrunken habt?«

Rudi Weinwurm grinste dünn und kratzte sich am Kopf. »Wir zwei, hat er gesagt, der Norbert? Jawohl, wir zwei, wie er gesagt hat, der Norbert. Das heißt, der Rohringer hat einmal vorbeigeschaut, frag mich nicht, wann. Er ist auf den Norbert losgegangen, der Norbert hat sich nichts gefallen lassen, und dann wollt der Rohringer handgreiflich werden. Na, mehr hat der nicht gebraucht. Draußen war er mit einem Tritt in den Arsch. Getrunken haben wir, meinst du? Gesoffen haben wir. War immer so. Erst hat mir der Norbert erzählt, dass er nichts gegen mich hat, und ich hab ihm erzählt, dass ich ihm nichts wegnehmen will. Dann waren wir alle zwei ratlos und haben uns betäubt bis zur Besinnungslosigkeit, wir Deppen.« Plötzlich flatterten seine Augenlider.

»Ist was, Rudi?«

»Ich kenn mich nicht mehr aus. Der Geiger tot, endlich tot … Mir erzählen ja immer wieder Leute von Sachen, die ich angestellt hab, und ich weiß nichts mehr davon …«

»Ganz ruhig, Rudi! Du warst ja mit dem Norbert zusammen, in der Zeit, als es geschehen ist.«

»Ja, war ich, waren wir, zu zweit waren wir. Aber weit weg waren wir nicht von diesem Weingarten. Und dieser Dingsda von der Polizei …«

»Der Priml.«

»Ja, der …, irgendwas von Indizien hat er geredet. Scheiß drauf. Auch schon egal, hat's wenigstens ein Ende.« Weinwurm starrte vor sich hin, dann griff er überraschend kraftvoll nach Polts Hand. »Du, Simon, die Birgit …«

»Was ist mit ihr?«

»Die ist bei der Hahn.«

Frauenzimmer

Nachdem Polt den Rudi Weinwurm wieder gut verwahrt wusste, ging er grübelnd weiter, sah, dass Norbert Sailer offenbar noch immer mit dem Auto unterwegs war, und wandte sich Aloisia Habesams Kaufhaus zu. Als er eintrat, war sie eben dabei, dem alten Hans Hornung einzureden, was er kaufen sollte. Der war aber stur, beharrte auf seinem ursprünglichen Wunsch, ließ sich ein mitgebrachtes Tiegelchen mit Schmierseife füllen und ging. Die Kauffrau rollte Polt entgegen. »Erst nimmt er sich frei, der Simon, dann kommt er trotzdem. Ein Mann halt. Und davon, dass die Birgit weg ist, hast du mir auch nichts gesagt. Was ist jetzt?«

»Könnt ich bei Ihnen telefonieren, Frau Aloisia?«

»Hast noch immer kein Handy, du rückständiger Mensch?«

»Nein. Darf ich?«

»Meinetwegen.«

Polt ging Richtung Küche, Frau Habesam rollte hinter ihm her.

»Ich weiß, wo das Telefon ist, Frau Aloisia.«

»Und ich koch uns einen Kaffee.«

Polt wählte.

»Ja? Grete Hahn.«

»Der Simon. Du, ich komm mir ziemlich blöd vor, weil dich der Norbert ja schon angerufen hat. Aber ein besonders glaubwürdiger Zeitgenosse behauptet, dass die Birgit eigentlich nur bei dir sein kann.«

»Wer sagt das?«

»Der Weinwurm Rudi.«

»Ja, der muss es natürlich wissen. Ich kann dir nicht weiterhelfen, leider. Seh ich dich bald wieder einmal?«

»Erst wenn ich weiß, was mit der Birgit los ist. Wenn es bis heute Abend nichts Neues gibt, sag ich dem Norbert, dass er sie als vermisst melden soll. Was meinst du, Grete? Bist du noch dran?«

»Klar. Ich hab nur nachgedacht. Wird wohl nicht zu vermeiden sein. Bis dann, Simon!«

»Ja, bis dann!«

Frau Habesam stellte zwei Tassen auf den Tisch. »Gleich ist er so weit, der Kaffee. Was war los heute?«

»Mit dem Norbert Sailer bin ich noch einmal alle Möglichkeiten durchgegangen, und bei der Frau Habinger war ich.«

»Bei der Hex! Ein zähes Luder. Die stirbt nie, wetten?«

»Da könnten S' recht haben, Frau Aloisia. Und dann hab ich mit dem Rudi geredet.«

»Schon gehört. Bringt der überhaupt noch einen ganzen Satz heraus?«

»Mehrere Sätze sogar. Hätt ich ihm gar nicht zugetraut. Ich seh ihn sonst ja nur am Abend. Möcht wissen, wo er sich die Woche über seinen Rausch holt. Zu Hause trinkt er ja nichts.«

»Ein Witwentröster, Simon. Der klappert in der ganzen Ortschaft die alten Weiber ab. Denen ist fad, und die hören sich seine blöden Geschichten immer wieder an und schenken nach, damit er nicht aufhört zu reden. Mit mir hat er es auch schon probiert. Nachgeschenkt hab ich ihm nicht, aber eingeschenkt, dass ihm Hören und Sehen vergangen ist. Ja, und dann kennt er natürlich alle, die saufen wie er. Die sucht er auch heim, einen nach dem anderen. Da schwingen sie dann g'scheite Sprüche, machen blöde Witze und reden sich gegenseitig ein, was sie doch für fesche Kampln sind. Möcht nur wissen, was ein Mann wie der Norbert Sailer an dem Rudi findet. Dann und wann stecken s' ja beieinand, die zwei. So, jetzt ist er fertig, der Kaffee. Hoffentlich hab ich ihn nicht zu stark gemacht.«

Polt kostete das wässrige Gebräu und griff sich ans Herz. »Tatsächlich, Frau Aloisia. Ich glaub, der ist zu viel für mich – nicht bös sein, aber ich brächte die ganze Nacht kein Auge zu. Also geh ich dann. Und danke für alles!«

Zu Hause angekommen, schaute Polt auf die Uhr: schon vier … Unruhig geworden, wählte er Norbert Sailers Handynummer. Keine Neuigkeiten. Der Polizist war noch immer unterwegs und wohl schon ziemlich verzweifelt. Polt zwang sich zur Ruhe. Er wollte wenigstens auf die Rückkehr seines Freundes warten, um mit ihm alles Weitere zu besprechen.

Stillstand, Ungewissheit, Warten.

Das Telefon. Na endlich. »Polt.«

»Grete. Komm, so schnell du kannst, Simon, die Birgit …«

»Aber …«

»Frag nicht, komm. Die Karin ist schon unterwegs.«

Polt war außer Atem und schwitzte. »Was ist jetzt, Grete?«

»Die Birgit ist nicht mehr da, nicht bei mir, mein ich.«

»Dann war sie also doch …«

»Ja. Sie ist erst zur Karin geflüchtet, und die hat sie zu mir gebracht, weil sie in die Schule hat müssen. Die Birgit wollt allein sein, wieder klar im Kopf werden, und dabei war ihr jeder Mann zu viel. Dir hat sie aus dem Weg gehen wollen und dem Norbert erst recht. Ich bin dann kurz weg, was besorgen, komm wieder, und die Birgit ist nicht mehr da. Ich hab nach ihr gerufen und überall im Haus nachgeschaut. Und dann …, so ein Gedanke …, ein Blick ins Nachtkastl – das Rohypnol fehlt, Lexotanil auch.«

»Was?«

»Ganz starke Beruhigungsmittel. Braucht unsereins leider. Mein Gott, Simon, wenn die zu viel davon nimmt …«

»Weit kann sie nicht sein. Du suchst also in der Umgebung, die Karin dann auch. Gibt's einen Garten?«

»Ein verwilderter Hinterhof. Geradeaus und durch die Holztür da. Aber es ist doch zu kalt für draußen, Simon.«

»Nicht für eine, die sich was antun will. Los schon!«

Polt war sich seiner Sache ziemlich sicher. Er trat ins Freie, sah Gestrüpp und Gerümpel, sah Birgit Sailer. Sie stand da und hielt ein Glas in der Hand, als warte sie auf jemanden, mit dem sie über das Wetter reden konnte oder über die Küchenkräuter auf ihrer Fensterbank, die jetzt die Sonne spürten und den nahen Frühling. Polt ging ein paar Schritte auf sie zu. Birgit nahm ihn nicht wahr, oder wollte ihn nicht wahrnehmen. Ihr Gesicht war blass und unbewegt, wie eines jener Puppengesichter, die Polt schon immer unheimlich gewesen waren. Da blieb etwas darin für alle Zeit gefroren, nicht mehr zu ändern, es sei denn, man zerbrach es. »Schön hier, nicht wahr?«

Sie gab keine Antwort.

»Stell dich nicht tot, du.«

Das Porzellan bekam feine Sprünge. Dann hatte Birgit wieder ein Menschengesicht. »Die Habinger, die Hex! Du warst bei ihr.« Sie schaute auf das Glas in ihrer Hand. »Ich war ein Kind damals, aber gespielt hab ich nie. Wollt oft schon tot sein, weil dann alles erledigt ist. Und weiterleben wollt ich trotzdem, verstehst du das?« Sie ließ das Glas fallen. »War knapp diesmal. – Da kommen die Karin und die Grete!«

Sie saßen um den Küchentisch und kramten im Schweigen nach Worten. »Was machen wir jetzt mit dem Norbert?«, fragte Polt endlich. »Er hat große Angst um dich, Birgit.«

»Ich muss zu ihm, sofort.«

»Gar nichts musst du.« Grete Hahns Stimme klang spröde, aber bestimmt. »Du stehst das nicht durch. Und es kann nicht mehr lange dauern, bis alles klar ist. Der Simon wird ihm sagen, dass es dir gutgeht. Und der Norbert wird halt noch ein paar Tage allein tapfer sein müssen, groß und stark, wie er ist.«

»Der tut aber nur so.«

»Wer nicht? Wir spielen alle Theater. Jetzt denk einmal an dich und find zurück ins Leben. Umso besser kannst du ihm nachher helfen.«

»Stimmt schon. Aber du, Simon, wirst mir ehrlich sagen, wie er es aufgenommen hat, versprochen?«

»Versprochen. Aber jetzt will ich von dir was hören. Warum bist du ausgerissen?«

»Es ist mir zu viel geworden.«

»Was?«

»Alles. Ich wollt nicht noch mehr Unheil anrichten.«

»Und dann hast du nicht mehr leben wollen, weil du dir gedacht hast, wenn die Birgit weg ist, sind auch die Probleme vom Norbert weg, und dich geht alles nichts mehr an.«

»So ungefähr.«

»Und dass du ihm sehr weh tust damit, und nicht nur ihm, hast du dir auch überlegt?«

»Nein. Klingt seltsam, war aber schon immer so. Ich weiß noch genau, wie ich das letzte Mal zur Frau Habinger gerannt bin, um mich tot zu stellen. Drei Tage zuvor ist mein Vater für immer abgereist. ›So ist er halt‹, hat die Mama zu mir gesagt, ›aber er behält uns bestimmt ganz lieb, auch wenn er woanders wohnt.‹ Dann hab ich Angst um sie gekriegt, weil sie so komisch lang geschlafen hat und erst vom Doktor aufgeweckt werden hat können. Wenn der Papa weg ist, braucht sie mich auch nicht mehr, hab ich mir gesagt, dann muss sie sich nicht so lang schlafen legen und kann frisch von vorn anfangen mit einem neuen Mann und einem neuen Kind. Und schon war ich weg.«

»Ich weiß nicht, was ich sagen soll. Aber eine Neuigkeit hab ich: Der Norbert und der Rudi Weinwurm haben die Nacht, in der es passiert ist, miteinander durchgesoffen. Kein schlechtes Alibi …«

Grete Hahn grinste. »Da sagen wir jetzt lieber nichts dazu, was, Birgit? Aber es hört sich gut an. Ganz abgesehen davon: Du kannst nicht so lang bei mir im Haus wohnen. Im Wiesbachtal bleibt nichts verborgen.« Sie schaute zur Lehrerin hinüber. »Hat es geklappt mit deinem Kurzurlaub, Karin?«

»Ja, ich hab frei die nächsten Tage. Schnapp ich mir also die Birgit und mach mit ihr eine kleine Reise. Nach Wien, oder noch weiter.«

Grete Hahn wirkte ausgesprochen animiert. »Und zwei einsame Männer und eine einsame Frau bleiben übrig. Na ja, wir werden's schon lustig haben ...«

Der Fluch der bösen Tat

Als Polt zu Norbert Sailers Haus kam, war Licht im Küchenfenster.

Der Polizist schaute ihm müde und ratlos entgegen. »Nichts, wie? Ich habe versucht zu essen. Geht nicht. Lesen geht auch nicht. Was tun?«

»Mir zuhören, zum Beispiel.«

Norbert Sailer beugte sich vor, war angespannt wie zum Sprung. »Ja?«

»Der Birgit geht es gut. Ich hab sie gefunden, sie hat mich gefunden, genauer gesagt. Ich glaube, du kannst beruhigt sein.«

Polt sah ein Gesicht, das schnelle, wilde Geschichten erzählte, eine nach der anderen, oder ein paar Geschichten gleichzeitig. Dann verschwand das Gesicht hinter beiden Händen. »Wo ist sie?«

»Da haben wir ein kleines Problem. Wie du schon vermutet hast: Es ist ihr alles zu viel geworden. Angst hat sie, dass sie was falsch machen könnte und dir schaden. Sie kommt erst in ein paar Tagen wieder, wenn alles klar ist. Schlimm für dich?«

Norbert Sailer hatte sich wieder unter Kontrolle. Ruhig saß er da und überlegte. »Nein. Nicht schlimm für mich. Sie hat recht. Es muss die Hölle für sie gewesen sein die letzte Zeit. Und sie ist nicht so unkompliziert, wie sie sich gibt. Schwierige Kindheit, weißt du? Dazu noch der Schrott von zerbrochenen Beziehungen. Und in unserer Ehe…, von den Problemen, die du inzwischen kennst, einmal abgesehen…, wenn ich so unter Druck stehe wie jetzt, bin ich nur nach außen gefasst, aber ein ziemlich unerträgliches Nervenbündel, wenn keiner herschaut.«

»Kein Wunder. Noch was: Die Birgit will wissen, wie du es aufgenommen hast.«

»Sag ihr: erleichtert. Natürlich hätte ich sie jetzt gerne bei mir. Aber der Starke ist am mächtigsten allein. Sag ihr, dass der Tag, an dem sie wiederkommt, ein Feiertag sein wird, ein ganz großer. Verdammt, jetzt werd ich kitschig auch noch.«

»Das bin ich dauernd, wenn ich der Karin was Liebes sagen will.«

»Die versteht das schon richtig. Trinkst ein Glas Wein mit mir, Simon? So als kleines, schüchternes Freudenfest?«

»Ja, gern. Mehr aber nicht. Wird besser sein, einen klaren Kopf zu haben in den nächsten Tagen.«

»Wem sagst du das…«

Polt wollte eben das Tor zum Hof des Höllenbauern aufsperren, als hinter ihm ein Auto anhielt. Er drehte sich um und sah zu seinem Erstaunen einen weißen vw-Käfer. Die Fahrertür schwang auf und Bastian Priml stieg aus. »Guten Abend, Herr Polt! Machen Sie Schluss für heute?«

»Ja.«

»Schon zu Abend gegessen?«

»Nein.«

»Ja, dann …, ich hätte Sie gerne eingeladen!«

»Ist ja nichts offen.«

»Ich nehm Sie mit nach Breitenfeld und bring Sie nach vollbrachter Tat zurück.«

»Müd bin ich auch.«

»Da sind wir zwei. Aber es gibt ziemlich aufregende Neuigkeiten. Die hätt ich Ihnen gerne erzählt – natürlich nicht nur so, hat ja immer einen Grund, wenn ich redselig werde. Ein paar Kreise haben sich inzwischen eindrucksvoll geschlossen, einiges bleibt aber offen – na ja, vielleicht biegen wir das gemeinsam hin.«

»Glaub ich kaum, aber neugierig bin ich schon.«

»Wie kommen Sie zu dem Auto, Herr Priml?«

»Ein ehemaliger Polizei-Streifenwagen, Baujahr 77. So ziemlich der letzte alte Freund, der mir noch geblieben ist. Aber in einem Zustand, mein Lieber …, derzeit kann ich nur mit der Hand bremsen, darum fahr ich ja so langsam. Sagen Sie das um Gottes Willen nicht weiter, schon gar keinem Polizisten. Kennen Sie hier irgendwo einen billigen Mechaniker, Herr Polt?«

»Der Röhrig Walter in Burgheim. Kann alles, macht alles, Konzession hat er aber keine. Wenn Sie ihn anschwärzen, Herr Priml, ist Feuer am Dach.«

»Wo werd ich. Darf ich mich auf Sie berufen?«

»Meinetwegen.«

»Heute früh ist übrigens der rechte Scheinwerfer aus dem Kotflügel gefallen. Hat richtig traurig ausgeschaut.«

»Originell. Und schon repariert?«

»Klebeband. Auch ein Fall für Ihren Herrn Röhrig. – Der Chinese in Breitenfeld ist gar nicht so schlecht. Wollen Sie?«

»Ich weiß nicht recht. Mit so was kenn ich mich überhaupt nicht aus.«

»Aber ich. Sie dürfen mir vertrauen, Herr Polt.«

»Und welchen Grund hätt ich dafür?«

»So gut wie keinen, da haben Sie natürlich recht.«

»Eher würzig oder eher mild, Herr Polt?«

»Würzig, nicht zu scharf halt.«

»Das ist eine Geschmacksrichtung, die der guten alten Gendarmerie gerecht wird. Was sagen Sie dazu …, ich nehm eine knusprige Ente und Sie ein Szechuan-Huhn. Wir können ja dann durcheinander essen. Und zum Trinken?«

»Haben die ein Bier hier?«

»Klar, Sie Glücklicher. Und grünen Tee für mich.«

Zu seiner Verwunderung schmeckten Polt die fremdartigen Gerichte, das Bier tat ein Übriges, um ihn mit dem Abend zu versöhnen, und Priml hatte offenbar beschlossen, ihm das Essen nicht mit Polizeiarbeit zu vermiesen. Also ergriff Polt das Wort, als die Teller abgeräumt waren. »Jetzt möcht ich aber die aufregenden Neuigkeiten hören.«

»Kommt bald, Herr Polt. Hier hören zu viele Leute mit. Wir gehen dann noch in den ›Elefanten‹, dort haben wir Ruhe. Ein Lokal, wie geschaffen für mich. Die Trostlosigkeit der Gaststube korrespondiert perfekt mit meinem Innenleben, der Wirt trinkt und bekommt nichts mit, und meistens bin ich der einzige Gast. Schöne Geschichte übrigens: Neulich ist der Wirt in seinem Dusel gegen den Türpfosten gerannt. ›Entschuldigen, der Herr‹, hat er gesagt und hat weiter navigiert. – Ich zahl schnell noch, dann gehn wir.«

Polt und Priml waren wirklich die einzigen Gäste im ›Elefanten‹. Der Polizist nippte unfroh am Mineralwasser. »Also erst einmal zu unserer werten Leiche, Herr Polt. Es handelt sich um René Geiger, wohnhaft in München, von Beruf Wein-Scout, was immer das ist, na ja, inzwischen weiß ich es sogar einigermaßen.«

»Aha. Und was will so einer im Wiesbachtal?«

»Mit Weinbauern reden, denk ich, verkosten, bei seinen ebenso noblen wie reichen Auftraggebern Kaufempfehlungen abgeben. Offenbar gehört es aber auch zu seinen Aufgaben, die Welt vor önologischen Rosstäuschern zu warnen. Önologie ist die Kunde vom Weinbau und vom Wein. Ich geb gern einmal mit einem Fremdwort an, wenn mir eins einfällt. Also dieser Geiger war schon vor einigen Jahren für ein paar Tage hier und ist damals mit dem Peter Rohringer in Konflikt geraten. Das hat seinen Niederschlag in Zeitungen gefunden, aber auch in den Akten der Polizei, der Gendarmerie damals, weil der Rohringer wieder einmal handgreiflich geworden ist. So bin ich auf ihn gestoßen. Erzählt wird mir ja nichts hierzulande. Jedenfalls war es eine ziemlich arge Sache, existenzbedrohend für den Rohringer. Dreck am Stecken hat er ja auch heute genug, was seinen Umgang mit dem Wein betrifft – und mit Menschen, wie man so hört. Vorsichtiger ist er halt geworden. Sie kennen ihn wahrscheinlich.«

»Leider.«

»Kann ich nachvollziehen. Es war eine eigenartige Geschichte damals. Dieser Geiger hat Peter Rohringer in Weinzeitschriften mit ätzendem Sarkasmus als besonders schauriges Beispiel für einen Weingauner präsentiert und auch angekündigt, dass so eine Pestbeule der Weinwelt eliminiert gehört, und zwar mit Stumpf und Stingl, auch wenn Peter Rohringer persönlich als Weinbauer ohne jede Bedeutung ist. Den dramatischen Ankündigungen sind aber keine Taten gefolgt. Da fällt mir übrigens der Weinwurm ein.«

»Wie kommen Sie jetzt auf den?«

»Ja, wie …? Dieser Mensch kann einem übrigens leidtun, wirklich leid, auch wenn er sich selbst demontiert und zerstört …, wie auch immer: Er ist so ziemlich der Einzige, der sich an den ersten Besuch des Herrn Geiger erinnert, ich mein: der zugibt, dass er sich erinnert, vielleicht auch, weil er sich wichtig machen will. Der Herr Weinwurm also hat in einem luziden, sprich hellen Augenblick gemeint, der Rohringer hätte vielleicht ein paar Weibergeschichten gegen den Geiger ausgespielt – soll ja ein sehr gewinnender Mensch gewesen sein, und fesch war er sogar noch als Leiche. Als er dann in jüngster Zeit ins Wiesbachtal zurückgekommen ist, muss der alte Streit wieder aufgeflammt sein, wahrscheinlich ist neuer Konfliktstoff dazugekommen. Und wie jähzornig und berechnend der Rohringer sein kann, wissen Sie wahrscheinlich. Diesmal war die Zeit aber viel zu kurz für neue oder aufgewärmte alte Affären. Der Rohringer ist also vom Geiger wirklich arg in die Ecke gedrängt worden und war im Gegensatz zu früher wehrlos. Was genau in der fraglichen Nacht geschehen ist, muss erst herauskommen. Aber mein Material hat ausgereicht, um den Peter Rohringer zu verhaften.«

»Jetzt schau ich aber!«

»Nicht zu viel versprochen, wie? Die Beweislage könnte besser sein, aber eines unserer Indizien will ich Ihnen nicht vorenthalten: Auf dem Sakko des Toten ist Spucke vom Peter Rohringer. Kommissar DNA! Wenn wir den nicht hätten … Das Motiv ist gerade noch glaubwürdig, und mit einem zweiten Motiv zusammen wird es sogar überzeugend: Der Rohringer hat die Gelegenheit genutzt, um auch gleich seinem Lieblingsfeind, dem Kollegen Sailer, eins auszuwischen. Erinnert mich direkt an diesen spektakulären Fall in der Wachau, in Spitz. Überlegen Sie doch mit mir, Herr Polt! Es passt eines zum andern: Der Weinwurm berichtet, übereinstimmend mit Norbert Sailer, dass er und mein Kollege die Nacht zu zweit im Presshaus verbracht haben. Dafür gibt es unverdächtige Zeugen. Vorübergehend waren die zwei fröhlichen Zecher dann zu dritt, als der Peter Rohringer als ungebetener Gast dazugekommen ist. Es habe Streit gegeben und ein kleines Handgemenge. Der Rohringer steht also mit einem Mordszorn in der Kellergasse, trifft irgendwie irgendwo auf den Herrn Geiger, der übrigens ziemlich betrunken war, als er zu Tode gekommen ist. Der Wein in seinem Magen stammt befremdlicherweise – oder soll ich sagen logischerweise – aus Peter Rohringers Keller. Die zwei streiten miteinander, Geiger trinkt, wird vielleicht vom Rohringer gezwungen zu trinken, es kommt zum vorgetäuschten Selbstmord in Sailers Weingarten. Schlüssig, Herr Polt?«

»Auf den ersten Blick ja.«

»Es gibt noch eine interessante Erwägung: Am Streit im Presshaus waren ja der Rohringer, Kollege Sailer und Herr Weinwurm beteiligt. Liegt doch nahe, dass der Rohringer neben seinem Weingarten-Nachbarn auch dem ehemaligen Gendarmen was unterschieben will – die Flasche nämlich, von der die tödliche Scherbe stammt, und vielleicht auch noch das Notizbuch des Toten. Ich will Herrn Weinwurm ja nicht nähertreten, aber wenn er ausreichend getrunken hat, dürfte es eine der leichteren Übungen sein, sich seine Fingerabdrücke zu besorgen. Ja, und auch das können Sie nicht wissen, Herr Polt: Auf der Flasche haben wir einen Papierrest gefunden, der mit einiger Sicherheit von einem Weinetikett stammt, das Peter Rohringer verwendet. Könnte doch passen so. Bleibt die Frage, wer wann und warum Name und Telefonnummer des Kollegen Sailer ins Notizbuch des Toten geschrieben hat. Würde mich gar nicht wundern, wenn uns auch diese Handschrift demnächst ein trügerisches Indiz liefert – wir sind dran. Die Handschrift von René Geiger ist es jedenfalls nicht. Weiß der Teufel, was da noch passiert ist in dieser Nacht. Dem Herrn Rohringer hat es jedenfalls nur recht sein können.«

»Was sagt er dazu?«

»Viel. Er leugnet gar nicht, dass er diesen Geiger schon seit jeher lieber unter der Erde gesehen hätte als darüber.

Aber er will's nicht gewesen sein. Nicht von schlechten Eltern übrigens, seine Gegendarstellung. Gerissen, rücksichtslos und völlig frei von Gewissenskonflikten ist er ja.«

»Und was wollen Sie von mir, Herr Priml?«

»Wissen, ob Sie mehr wissen, als ich weiß – in irgendeiner Hinsicht, Herr Polt.«

»Ja, vielleicht. Mehr Privates allerdings. Sollte ich draufkommen, dass es wichtig für den Fall ist, sag ich's Ihnen.«

»Warum nicht gleich?«

»Sie sagen mir ja auch nicht alles.«

»Zwei Sturschädel also. Das kann ja was werden ...«

Hausbesuch

Ein Frühlingstag, daran war nicht zu zweifeln. Obwohl es sehr kühl war so früh am Morgen, hatte Polt das Küchenfenster geöffnet. Der Himmel war wie blaues Glas, darunter helle Farben, leichthin ins Grau getupft, dünnes Sonnenlicht, eine Ahnung von Wärme. Frau Habesam, verständnisvoll und wohlwollend wie selten, hatte es ihm für die nächsten Tage freigestellt, ob und wann er bei ihr aushalf. So ließ er es langsam angehen, brachte Ordnung in seine Gedanken, so gut das eben ging, umsorgte seinen Kater und blickte unwillig auf, als er das Telefon hörte.

Grete Hahn bat ihn zu einem, wie sie es nannte, *Frühstück der einsamen Herzen,* und Polt sagte gerne zu.

Als er in ihre Küche kam, war der Tisch schon gedeckt. Es duftete nach Kaffee. Frau Hahn stand am Herd und schwang grüßend eine Bratpfanne. »Nimm Platz und greif schon einmal zu, Simon. Gebratener Speck kommt gleich. Hausgemachte Marmelade aus Weingartenpfirsichen gibt's und Butter vom Bauernmarkt in Breitenfeld. Auch das Schwarzbrot hab ich dort gekauft. Riech einmal dran, Simon – kräftig, würzig und sinnlich wie das Leben selbst. Nicht wie das verpackte Zeug aus dem Supermarkt, das bestenfalls nach Pappendeckel riecht. Magst auch ein weiches Ei? Natürlich magst du. So ein werdender Vater braucht Kraft.«

Polt dachte nicht daran zu widersprechen und ließ es sich gutgehen. Grete Hahn setzte sich zu ihm. »Mit deiner Karin hab ich übrigens heute schon telefoniert. Den beiden geht es ohne ihre Männer besser als je zuvor, und du bist ausdrücklich zur Ernährung und zur weiteren Betreuung freigegeben.«

»Ja dann! Ich war gestern mit dem Priml zum Abendessen. Ein eigenartiger Mensch. Das aber nur so nebenbei. Und den Peter Rohringer hat er verhaften lassen, aufgrund einer recht handfesten Beweisführung.«

»So? Soll er nur dunsten, der Widerling. Ja …, was ich dir noch sagen wollte: Ich hab mich für heute Abend beim Norbert Sailer eingeladen. Ich lass mir doch keine Einseitigkeit vorwerfen! Nein, im Ernst …, reden will ich mit ihm, und zwar ohne ängstliche Birgit im Hintergrund. Wenn die wiederkommt, sollte auch zwischen den beiden alles klar sein. Du weißt ja, was da läuft, oder auch nicht läuft, nehme ich an?«

»Ja …«

»Ich kenn dieses Paar schon lange, und wir sind recht gut miteinander. Der Norbert nimmt das alles nicht so locker, wie er tut, und dass die Birgit fast daran zerbricht, hast du erlebt.«

»Stimmt schon. Aber willst du dich da wirklich einmischen?«

»Muss ich sogar, Simon. Glaub's mir erst einmal, und nachher reden wir weiter.«

»Wann nachher?«

»Eigentlich schon früher, hab ich mir überlegt. Ich bin die Frau fürs Grobe, und du kannst dann die Feinarbeit erledigen.«

»Versteh ich nicht.«

»Ganz einfach. Um sieben bin ich bei ihm. Du kommst gegen acht, weil du Licht gesehen hast und uns Gesellschaft leisten willst. Bei der Gelegenheit bringst du alles, was weibliche Hinterlist angerichtet hat, wieder ins männliche Lot.«

»Ob ich das kann?«

»Weiß ich auch nicht. Heute Abend also?«

»Meinetwegen.«

Um den Tag hinter sich zu bringen, trat Polt wieder in Frau Aloisias Dienste und ließ sich sogar zu einem fragwürdigen Abendessen überreden, weil er nicht wusste, was er bis acht mit sich anfangen sollte. Zur vereinbarten Zeit klopfte er an Sailers Küchentür, trat ein, sah aber nur eine halb geleerte Flasche Wein und zwei Gläser auf dem Tisch. Die Tür ins Wohnzimmer stand offen. Auch dieser Raum war leer, doch dahinter sah Polt Licht. Zögernd ging er ein paar Schritte, blieb aber unschlüssig stehen, als er Grete Hahns Stimme hörte.

Durch eine weitere Türöffnung sah er einen großen Spiegel und darin ein Bild, das ihn erstarren ließ. Grete Hahn kniete nackt und tief vornübergebeugt vor einem Bett. Nun verstand Polt auch, was sie sagte: »Ja, ganz ein Lieber bist du…, und so schön haben wir miteinander gespielt, und was hab ich nicht alles getan, damit du deinen Spaß daran hast. Ist aber nichts geworden daraus, wie? Komm schon, Kleiner, bleib, wie du bist, ich kann dich auch so ganz gut leiden.«

Polt hörte ein leises, gurrendes Gelächter, das zärtlich hätte klingen können, wäre es nicht sehr schnell lauter geworden, unverschämt laut und böse. Dann sah er, wie eine Hand Grete Hahns Kopf an den Haaren nach oben riss, wie sich Norbert Sailer mit einer heftigen Bewegung aus dem Bett schwang, die Frau an den Schultern packte, sie aufrichtete und ohrfeigte. Dann griff er wieder nach ihrem Körper, warf ihn wütend auf das Bett und fing an, mit den Fäusten auf Grete Hahn einzuschlagen.

Polt war in die Türöffnung getreten, um einzugreifen, und sah nun den Rücken Norbert Sailers direkt vor sich. Er zögerte, als der Mann aufhörte, sein Opfer zu misshandeln. Wieder war Grete Hahns Stimme zu hören. »Na, Norbert, was jetzt? Macht keinen rechten Spaß hinzuhauen, wenn es keinen Widerstand gibt, kein Wehklagen, kein Bitten, doch endlich aufzuhören. Spiel nur weiter den starken Mann, Schwächling. An mir gibt es nichts mehr, das du erschlagen könntest, das haben schon andere erledigt. Aber bei der Birgit, da geht es, wie? Die weint und fürchtet sich und behält dich lieb. Lieb hat sie dich dafür, dass du jedes Mal ein Stück von ihr umbringst. Du bist ein Mörder auf Raten, Norbert.«

Polt starrte wie gebannt auf die befremdliche Szene, als Norbert Sailer einen Schritt zurücktrat, mit einer unglaublich raschen Bewegung hinter sich griff und im nächsten Augenblick eine Waffe auf die vor ihm liegende Grete Hahn richtete. Polt sprang mit verzweifelter Kraft nach vorn, spürte einen heftigen Schlag gegen die rechte Schulter und kam auf Grete Hahn zu liegen. Er griff nach oben, spürte Blut und hörte Stimmen hinter sich. Eine davon gehörte Bastian Priml.

Ein Arzt, den Polt nicht kannte, prüfte den frischen Verband. »Glatter Schulterdurchschuss, Glück gehabt, wenn man so etwas Glück nennen kann. Sie sind so weit versorgt, Herr Polt. Natürlich müssen Sie ins Spital. Soll ich gleich die Rettung rufen?«

»Nein. Jetzt möcht ich wissen, wie's weitergeht.«

»Arge Schmerzen?«

»Na ja.«

»Kann ich noch was für Sie tun?«

»Ja. Sagen S' bitte der Frau Hahn, dass sie sich was anzieht.« Polt vermied es hinzuschauen. »Entschuldige, Grete.«

Sie schlüpfte in Birgits Bademantel. »Besser so, mein Held?«

»Ja. Und sag, was ist dir denn da eingefallen?«

»Ich mach's kurz. Anders wär die Birgit nie aus dem Schlamassel herausgekommen. Mir hat sie viel erzählt, nur nicht, dass sie ihr Mann schlägt. Aber eine Frau mit meiner Vergangenheit ist sich in so einem Fall ihrer Sache sicher. Und der Norbert war ja immer stolz darauf, dass er Liebe und Sexualität so locker auseinanderhalten kann. Also war's für mich ein Leichtes, ihm einzureden, dass es keine impotenten Männer gibt, sondern nur unerfahrene Frauen. Außerdem wär's ja nur gerecht. Sie hat den Weinwurm, er hat mich.«

Norbert Sailer warf Grete Hahn einen wütenden Blick zu. »Alte Hur, verdammte!«

»Hurenbock, lächerlicher. Was tut ein wirklich starker Mann? Er lässt nicht andere für seine Schwäche büßen. Aber du hast die Birgit geschlagen, Norbert, immer und immer wieder. Bei mir war es dann nur halb so lustig. Da hat eben die Krachen her müssen, die kann ja immer, nicht wahr? Aber: Mein ist die Rache, spricht die Frau. Ich habe mich gerächt. An dir, Norbert, an meinem Mann, dieser Bestie, und an dem, der René Geiger auf dem Gewissen hat. Und danke, Simon! Obwohl..., so wirklich schad wär's nicht um mich gewesen.«

»Doch, schon!«

»Was *schon*?«

»Schad.« Polt wandte sich mühsam Bastian Priml zu. »Warum sind denn Sie da?«

»Weil mich die Frau Hahn darum gebeten hat. Eine wirklich umsichtige und vorausblickende Person, ich muss schon sagen. Ich bin ihrer Bitte umso lieber gefolgt, als ich schon vorher geneigt war, einem Teil der Rechtfertigung des Herrn Rohringer Glauben zu schenken. Jetzt bin ich eigentlich meiner Sache ziemlich sicher. Im Presshaus waren – wenigstens was die ersten Nachtstunden angeht – nicht nur Sie, Herr Kollege Sailer, und Rudolf Weinwurm.«

Norbert Sailer blickte kurz auf. »Wer noch, Sherlock Holmes?«

»Na, wer schon. René Geiger.«

Bastian Priml wirkte entspannt, fast schon heiter. »Die Karten sind ab sofort neu gemischt. Das habe ich der unerschrockenen Frau Hahn zu verdanken, doch nicht minder Ihnen, Herr Polt. Respekt und alle Achtung: Schon wieder geht eine Runde an Sie.«

»Von wegen! Wissen S', wie ich mir vorkomme, Herr Priml?«

»Sie werden es mir sagen.«

»Unnötig.«

»Eine klare Fehleinschätzung. Vor allem, wenn ich Sie nun bitte, mir mit jenen Informationen zu helfen, die Sie mir neulich in Burgheim vorenthalten haben. Aus Feingefühl, Freundschaft und Loyalität, wie ich anmerken möchte. Also: Gibt es eine sexuelle Beziehung zwischen Rudolf Weinwurm und Birgit Sailer?«

»Ja.«

»Darf ich davon ausgehen, dass der Weinwurm Herrn Geiger nicht leiden kann oder sogar hasst?«

»Ja.«

»Hat Herr Geiger Frau Sailer kurz vor der Nacht, in der er zu Tode kam, heimgesucht?«

»Heimgesucht ist gut. Ja.«

»Ich zähle jetzt noch die mittlerweile erwiesene Gewaltbereitschaft des Herrn Kollegen Sailer dazu. Damit beginnt sich die Geschichte zu runden. Und Frau Sailer wird nun wohl auch gesprächiger sein. Wo ist sie übrigens?«

»Unterwegs, kommt bald wieder.«

Polt erschrak, als er Glas klirren hörte. Norbert Sailer

hatte blitzschnell nach einem Aschenbecher gegriffen und ihn durch das geschlossene Fenster geworfen. »Die Birgit werden Sie gefälligst in Ruhe lassen!« Er atmete durch. »Keine Aufregung, meine Herren. Das war mein letzter Wutanfall heute. Und zu dir, Simon: Ich habe dich belogen und betrogen. Aber in einem nicht: Die Liebe zur Birgit ist mir heilig.«

»Die Liebe vielleicht, Norbert, aber die Birgit nicht. Manche Sachen merk ich mir verdammt gut. Denk einmal dran, wie wir zu deinem Weingarten gekommen sind, kurz bevor wir den Toten gesehen haben. Du hast vom Bösen geredet, das unter den Leuten ist. Pervertierte Liebe war auch drunter. Ich hab mir damals nicht vorstellen können, was das sein soll. Jetzt kann ich's.«

»Klugscheißer. Also, Kollege Priml, ich werde Sie jetzt von der Last weiterer Ermittlungen befreien. Das erspart mir und Ihnen künftige Peinlichkeiten. Warum ich gute Gründe hatte, diesen René Geiger zu hassen, kann Ihnen der Simon erläutern. Und jetzt hören Sie die Geschichte von einem Mann, der getan hat, was er tun musste. Es wird gegen neun Uhr abends gewesen sein, ich komm nach Hause und finde meine Frau und ihn in der Küche vor, ihn, René Geiger. Seine Hände sind auf den Händen der Birgit gelegen. Aber nicht mehr lange. Es war wie ein eiskalt kontrolliertes Durchbrennen aller Sicherungen. Er hat gespürt, was los ist, und ist mir gefolgt wie ein Lamm zum Schlachtplatz. Also ins Auto mit ihm, unterwegs den Weinwurm Rudi eingeladen, damit die Liebhaber komplett sind. Ins Presshaus dann. Den Rudi unter Alkohol setzen, das geht fast schon von selbst. Dem Herrn Geiger hab ich Wein vom Peter Rohringer zu trinken gegeben, einmal um diesen Geschmacksakrobaten mit dem Gesöff zu quälen, und natürlich auch, um für die Zukunft eine Spur zu legen – ein paar Flaschen waren da, weil ich sie als Beweismittel für Rohringers Gaunereien gebraucht habe. Als der Rudi so weit war, hab ich ihn im Detail erzählen lassen, was er mit meiner Frau so treibt, und der Geiger hat zugehört, einmal blass, einmal rot, dann mit Tränen in den Augen. Endlich hab ich den Geiger gefragt, was er denn glaubt, dass ich heute Nacht noch vorhabe mit ihm, wenn keiner zuschaut. Antwort war keine von ihm zu bekommen, aber der Rudi ist direkt kreativ geworden, so ist er immer, bevor er wegtritt: Nackt ausziehen und an einen Nussbaum binden, an den Pranger sozusagen. Oder ihn bis zum Hals im Weingarten eingraben. Da könnt er dann bleiben, bis ihn einer findet oder bis ihn ein Weinbauer nicht bemerkt und mit dem Traktor drüberfährt. Auch nicht schlecht: dem Menschen dickes Zuckerwasser ins Gesicht schmieren und ihn irgendwo am Boden festbinden, damit die Ameisen über ihn kommen und andere Viecher. Rudi, hab ich gesagt, du bist und bleibst ein Humanist. Da hat er dann schon kalten Schweiß auf der Stirn gehabt, unser lieber Gast. Jetzt war ich der Herr im Hause, und die zwei waren alles andere als manneskräftig. Auf einmal geht die Tür auf, und der Peter Rohringer steht im Presshaus. Er sieht den Geiger, beschimpft ihn, schreit herum, packt ihn am Kragen, spuckt ihn an. Dann bemerkt er seine Flaschen in meinem Presshaus und geht auch noch auf mich los. Sein Fehler. Kurze Abreibung, Abflug. Das hat natürlich gefeiert werden müssen. Also den Geiger abfüllen, bis es ihm hochkommt. Der

Rudi hat inzwischen nicht mehr richtig reden können. Sag ich: Schreiben kannst wohl auch nicht mehr? Der Rudi, stolz auf seine zivilisatorischen Errungenschaften, protestiert. Ich finde dieses Notizbuch in der Tasche vom Geiger, sag: ›Rudi, da schreibst du jetzt die Birgit und mich hinein, samt Telefonnummer, damit er uns bald einmal aus der Hölle anrufen kann.‹ Der Rudi bringt es doch tatsächlich zuwege und macht erst einmal mich damit verdächtig. War ja ganz in meinem Sinne: Die Handschrift vom Geiger ist es nicht. Unvorstellbar überdies, dass ich etwas damit zu tun haben könnte: Kein Polizist käme auf die blöde Idee, sich so primitiv selbst zu belasten. Irgendwann findet dann jemand heraus, zu wem die Handschrift gehört, damit ist der Rudi dran, den ich dann wieder großmütig schützen kann. Na, und so weiter. Bald darauf ist der Rudi ganz weg, Mattscheibe. Ich zerschlage eine der Weinflaschen vom Rohringer, steck eine schöne scharfe Scherbe ein und bitte Herrn René Geiger mit ausgesuchter Höflichkeit in den Weingarten hinter dem Presshaus. Eine Waffe hab ich natürlich mitgenommen und sie ihm vorher gezeigt, damit er sich schon freuen kann. Im Weingarten dann hab ich ihm erklärt, dass es für einen, der mir die Liebe meiner Frau wegnimmt, nur die Todesstrafe geben kann. Allerdings …, es wird langsam, langsam gehen, und es wird weh tun, teuflisch weh, nicht auszuhalten eigentlich. ›Ich werde dich jetzt sorgfältig und Stück für Stück totschießen, du nobles Stück Dreck‹, hab ich gesagt. ›Also erst einmal auf den Schwanz gezielt, dann überall hin, wo es höllisch schmerzt, aber nicht tödlich ist. Wird schon eine Weile dauern, und dagegen lässt sich leider nichts machen.‹ Aber als Held könnte er ja auch eine Abkürzung nehmen. ›Geht ganz leicht mit diesem Glasscherben.‹ Aber der Geiger ist nur zitternd dagestanden und hat mich aus Glubschaugen angestarrt. Irgendwann ist mir das zu viel geworden. Schießen hab ich nicht wirklich wollen, weil es ja doch gehört worden wäre. Also: dieses Zerrbild von einem Mann mit geübtem Griff fixiert, mit dem richtigen Schnitt dafür gesorgt, dass er nicht überleben kann. Spuren gelegt, Spuren verwischt, alles angeordnet, wie es sein muss – und später dann auf die Unwahrscheinlichkeit eines Selbstmordes hingewiesen, um mich wieder einmal unglaubwürdig zu belasten. Dann zurück ins Presshaus, die Fingerabdrücke vom Rudi auf der zerbrochenen Flasche vom Peter Rohringer platziert…, mehr muss ich ja nicht erzählen. Jetzt noch schnell dafür gesorgt, dass uns ein paar Leute zum kritischen Zeitpunkt zu zweit im Keller sehen. Es war dann noch sehr schön in dieser Nacht. Der Rudi hat geschlafen und war nicht mehr lästig, ich bin ruhig geworden, war von einem Alptraum befreit, nicht betrunken, auch nicht ganz nüchtern und sehr bei mir. Spätnachts nach Hause zur Birgit. Die war halb verrückt vor Angst und Sorge, hat sich von mir erzählen lassen müssen, dass ich ihren René irgendwo im Schutze der Dunkelheit halbtot geprügelt habe, und mit dem Umbringen bedroht, sollte er mir noch einmal unter die Augen kommen. Nicht schlecht, die Ernte dieser Nacht: den Geiger zittern und bluten gesehen, dem Rudi gezeigt, was Leibeigenschaft bedeutet, den Rohringer in den Arsch getreten, und dann noch meine Frau besprungen wie ein wildes Tier, dieses wimmernde Bündel aus Angst, Grauen und schlechtem Gewissen. Gut war ich, stark war ich. Seitdem leider nie wieder. Man kann nicht alles haben.«

Sailer grinste. »Später, wie hinlänglich bekannt, die Leiche unter idealen Umständen entdeckt, weil der Simon, dieser frischgebackene Vater, bar jeder Möglichkeit, klar zu denken, überraschend in der Küchentür gestanden ist. Der Birgit habe ich nachher weisgemacht, ihr René hätte mit seinem Selbstmord in unserem Weingarten sich noch im Tode an mir rächen wollen. Ob sie es geglaubt hat oder nicht, sie hat dran glauben müssen. Schließlich hat sie alles ausgelöst mit ihrem Verhalten. Na, und der Rudi war nur zu gerne bereit, sich einzubilden, dass der Geiger nie mit uns im Presshaus war, hat er doch von seiner eigenen Rolle in dieser mörderischen Komödie nichts mehr gewusst. Und dann kommt dieses Luder von Hahn und legt mich aufs Kreuz. Nicht böse sein, Simon, dass ich dir ein Loch geschossen habe, und verzeih, dass ich deine gutmütige Harmlosigkeit für mich ausnutzen musste – es hat sich so ergeben.«

Polt hatte dazu vorerst nichts zu sagen. Norbert Sailer lächelte. »Alles zu viel für dich, wie?«

»Ja, aber anders, als du denkst. Traurig bin ich, weil es einen Freund weniger gibt für mich. Tut mehr weh als die Schulter. Dass du der Schuldige sein könntest, war mir bald klar. Aber ich hab bis heute Abend sehr darauf gehofft, dass es doch irgendwie anders kommt. Natürlich weiß ich, dass du intelligenter bist als ich und besser ausgebildet. Du warst wie ein guter Schachspieler, der immer möglichst viele Züge vorausdenkt. Das kann ich nicht, also hab ich bei jedem Zug von dir einen zurück gedacht: Jetzt tut er das …, ah ja, weil er früher das getan hat. Aber es war schon so, dass lange Zeit alle Indizien, die so augenfällig gegen dich gesprochen haben, eigentlich hilfreich für dich waren …, so unter dem Motto: Die ganze Welt verschwört sich gegen den Norbert, also wird er es wohl nicht gewesen sein. Aber du bist vom Fach, mein gewesener Freund. Und ein Polizist macht es möglicherweise um eine Spur zu geschickt, wenn er was anstellt. Zum Beispiel eine Kleinigkeit, die mir erst viel später aufgefallen ist – diese Eintragung im Notizbuch: *N. und Birgit Sailer*. Für dich haben die Namen nicht genügt, da hat auch noch ein kleiner Hinweis darauf sein müssen, dass es eher um deine Frau geht als um dich – Norbert abgekürzt, Birgit ausgeschrieben. Und nimm die Geschichte vom Selbstmord, der durch die Schnittführung unwahrscheinlich geworden ist. Ein unglaubwürdiges Indiz hast du's genannt, wenn ich mich recht erinnere. Die Flucht nach vorne hat dir aber nicht viel geholfen. Für mich war das Indiz leider sehr glaubwürdig. Mit dem laienhaften Schnitt quer über das Handgelenk wärst du vermutlich besser dran gewesen. Vielleicht hast du mich auf die Idee bringen wollen, der Geiger, gebildet, wie er war, hätte dich durch diesen Schnitt gemeinerweise zusätzlich belasten wollen, obwohl es doch ein Selbstmord war. Das war einen Rösselsprung zu viel gedacht. Da hat wohl eher einer in seiner kalten Wut und bösen Leidenschaft sicher sein wollen, dass ein verhasstes Opfer auch wirklich stirbt. Einer also, der ohne Bedenken oder sogar aus Lust Gewalt gegen Wehrlose ausübt. Da gibt es übrigens noch etwas, das ich nie vergessen werde. Du erinnerst dich bestimmt daran, wie damals der Gantenberger mit dem Gewehr in der Hand durchgedreht hat. Es hat Jahre gedauert, bis ich mich gefragt habe, warum du ihn so schnell und richtig eingeschätzt hast. Heute glaub ich es zu wissen: Nur weil du ihm ziemlich ähnlich warst, hast du ihn verdammt gut verstanden. Wörtlich bring ich's nicht mehr zusammen, aber so ungefähr war's: ›Wenn die Kraft weg ist, hupft einem die Krachen nur so in die Hand. Dann müssen die Schwächeren herhalten, um dich stark zu machen.‹ Ja, und noch was, du weißt es noch nicht: Die Birgit hat Selbstmord begehen wollen, als sie von dir weggerannt ist. Das tut kaum jemand, nur weil der Ehemann Probleme hat und die Ehe unbefriedigend bleibt. Hat nicht viel gefehlt, und du hättest einen zweiten Menschen auf dem Gewissen – und zwar einen, den du angeblich liebst.«

»Schieb dir deine Moral in den Arsch, Simon.«

»Ich werd drüber nachdenken.«

Ein paar Tage später bekam Simon Polt, Patient im Bezirkskrankenhaus Breitenbrunn, Besuch. Karin Walter trat neben sein Bett und stellte zwecks rascherer Genesung ein Glas mit ihrem bewährten Quittengelee auf das Nachtkästchen. Polt war nicht allein im Zimmer, also küsste sie ihn keusch auf die Nasenspitze. »Kannst du aufstehen, Simon? Wir könnten in den Garten gehen. Es ist schön draußen, fast schon warm. Und es gibt viel zu erzählen.«

Polt schwang vorsichtig die Beine aus dem Bett, und Karin Walter hüllte ihn in seinen Schlafrock. Die beiden fanden eine Bank, auf der sie ungestört waren. Karin wollte ihren Kopf auf Polts Schulter legen, ließ es dann aber lieber bleiben. »Der Bürgermeister war bei mir zu Haus, Simon!«

»Braucht er wieder so ein Affentheater fürs Fernsehen?«

»Nichts da! Der Kindergarten in Brunndorf sperrt nächstes Jahr leider zu. Aber der in Burgheim hat dadurch eine gesicherte Zukunft. Die Stelle der Leiterin wird frei ..., und er hat sie mir angeboten. Trifft sich gut, sehr gut, besser geht es eigentlich nicht. In ein paar Jahren ist dort auch für unser Kind Platz, und schon jetzt kann ich mich intensiv um die Birgit kümmern. Sie hat's erstaunlich gefasst aufgenommen, aber sie braucht meine Hilfe und wird noch lange Hilfe brauchen. Vorerst wohnt sie bei mir. Damit wirst du zu den zahlreichen Ehemännern mit Frau und Nebenfrau gehören.«

»Ich, wo ich schon bei einer alles falsch mach! Karin! Hast du Ehemann gesagt?«

»Muss mir so herausgerutscht sein.«

Polt setzte zu einer stürmischen Umarmung an, die aber schon im Ansatz schmerzlich scheiterte. Die künftige Kindergärtnerin übernahm es, ihn ganz vorsichtig zu umfangen und zu küssen. Dann knöpfte sie sein Spitalshemd auf und kraulte seine Brust. »So. Ende der Orgie. Ich muss weg. Und fühle dich um Himmels willen nicht bedrängt, Lieber. Du weißt ja, wie wankelmütig wir Weiber sind.«

Sie stand auf und ging leichten Schrittes in den Frühlingstag hinein. Polt schaute zu, wie ihre Gestalt in der Ferne klein, hell und durchscheinend wurde.

Dann nahm er die nächste Wolke und schwebte zurück ins Krankenbett.

Bitte beachten Sie
auch die folgenden Seiten

Alfred Komarek im Diogenes Verlag

Polt muss weinen

Roman

In Brunndorf, einem niederösterreichischen Weinbauerndorf, gehen die Uhren noch anders. Der sympathische Gendarmerie-Inspektor Simon Polt, Junggeselle und Halter eines eigenwilligen Katers, hat mit seinen Weinbauern schon so manche Nacht durchzecht. Polt gehört dazu. Dann aber steht er vor der Leiche Albert Hahns, der in seinem Weinkeller durch Gärgas umgekommen ist. So etwas passiert in einer Winzergegend, doch diesmal, sagt der Gemeindearzt, »hat es den Richtigen erwischt«. Er spricht aus, was fast alle im Dorf denken, und tatsächlich hätte auch so gut wie jeder ein Motiv für diese Tat gehabt…

»Mit Simon Polt, dem gutmütigen, aber beharrlichen Gendarmerie-Inspektor, betritt ein Krimiheld die Bühne, von dem man sich wünscht, dass er mit seiner stillen, schüchternen und schlichten Art noch viele Fälle zu lösen haben wird. Polt ist kein cooler Krimiheld. Er ist ein Landmensch, tief verwurzelt im Alltag des kleinen, an der tschechischen Grenze gelegenen Weinbauerndorfes.« *Salzburger Nachrichten*

»Eine einmalige Milieustudie!«
Österreichischer Rundfunk, Wien

Ausgezeichnet mit dem Glauser 1999.

Blumen für Polt

Roman

Gerade noch hat Willi – ein geistig Behinderter und Außenseiter im Weinbauerndorf – Simon Polt einen Strauß Wiesenblumen gepflückt. Wenige Stunden später wird er tot unter einem Lößabsturz aufgefunden.

Und noch mehr geschieht im sonst so ruhigen Wiesbachtal: Ein tödlicher Verkehrsunfall ereignet sich, mit einigen Ungereimtheiten. Eine Kindergang, die in verlassenen Kellergassen, verfallenen Presshäusern und verwachsenen Hohlwegen ihr Unwesen treibt, hat den festen Vorsatz, ein düsteres Geheimnis nicht preiszugeben...
Gendarmerie-Inspektor Polt folgt bedächtig und unbeirrbar all diesen Spuren, zum Ärger einiger aufgebrachter Bauern und erboster Eltern, zum Unmut auch der von ihm so geschätzten Lehrerin Karin Walter...

»Komarek versteht sich auf die Kunst, einen Fall scheinbar zu lösen und dann hinterrücks völlig neu aufzurollen. Und ganz nebenbei entwirft er das Panorama einer Idylle, um die man fürchten muss und die zum Fürchten ist. *Blumen für Polt* – eine kriminalistische Weinlese aus dem Weinviertel, trocken, aber süffig!«
Ulrich Klenner/Bayerischer Rundfunk, München

Himmel, Polt und Hölle

Roman

Ein glühend heißer Sommer im Wiesbachtal. Doch wieder mal trügt die Landidylle. Einer beginnt zu zündeln, aus dummen Späßen werden handfeste Schweinereien, schließlich Sabotage und – Mord.
Simon Polt ermittelt diesmal nicht nur in Wirtshäusern und Kellergassen, sondern auch an einem Ort, den er bislang nur mit respektvoller Scheu betreten hat, dem Pfarrhaus. Konfrontiert wird er unter anderem mit einer bildschönen Pfarrköchin mit bewegter Vergangenheit. Einem verliebten Mesner. Einer Menge abgewiesener Verehrer. Einem zynischen Weinkritiker, der so manche Karriere auf dem Gewissen hat. Einem gescheiterten Lehrer. Und einem Pfarrer, der eine erstaunliche Beichte ablegt...

Und Polt wäre nicht Polt, würde er am Ende nicht mit dem Übeltäter, den er dann doch stellt – erst noch mal einen trinken gehen…

»Wir riechen die Atmosphäre der ›Presshäuser‹ und schmecken die Weine und die deftigen Speisen. Aber wir fühlen auch den *horror vacui* und die Beklemmungen eines nebligen Herbstabends auf dem Lande. Alles zusammen macht die Polt-Romane extrem spannend.«
Thomas Wörtche / Freitag, Berlin

Polterabend

Roman

Eine klirrend kalte Vollmondnacht im Wiesbachtal. Man hat sich zur Eisweinlese zusammengefunden. Da fließt statt Rebensaft Blut aus der alten Presse. Was ist im einsam gelegenen Presshaus des Weinbauern Karl Fürnkranz geschehen? Polt ermittelt im Umfeld des Opfers. Weitere Spuren führen ins Rotlichtmilieu jenseits der tschechischen Grenze. Als der Gendarm dann von einem alptraumhaften Polterabend im Presshaus erfährt, sieht er sich in auswegsloser Lage…

»*Polterabend* ist spannend aufgebaut und höchst angenehm zu lesen – was in erster Linie am unaufdringlichen, subtilen Humor liegt.«
Rhein-Zeitung, Koblenz

Die Villen der Frau Hürsch

Roman

Daniel Käfer, 39, fährt mit seiner Ente ins Ausseerland – die klassische Sommerfrische im Salzkammergut. Er ist beurlaubt auf besondere Art: Er hat seinen Job bei einer Hochglanzzeitschrift verloren. Nun macht er statt auf gute Stories auf seine eigene Geschichte Jagd, auf seine Kindheit und die Geheimnisse in ihr. Was hatte es mit seiner 1933 verschollenen Urgroßtante Mizzi auf sich?

Villen und ein Dienstbotenbuch, die charmante Wirtstochter Anna und ein Stammtisch, der ›Zuagroasten‹ kaum Zugang gewährt, bieten der kriminalistischen Neugier des Journalisten reichlich Stoff.

»Mit solcher Bravour erzählt, dass auf faszinierende Weise eine exotische Enklave in der österreichischen Provinz aufleuchtet und LeserInnen den dringenden Impuls verspüren, ›Die Villen der Frau Hürsch‹ auf der Stelle zu besuchen.«
Sylvia Treudl/Buchkultur, Wien

Die Schattenuhr

Roman

Der ehemalige Chefredakteur Daniel Käfer, 39, will die Sommerfrische im Salzkammergut gerade verlassen, um sich in Wien wieder ernsthaft dem Berufsleben zu widmen. Da begegnet ihm der Bergler Bernd Gamsjäger. Und der erzählt Geschichten von Hallstatt und dem Salzbergwerk, die Daniel Käfer schon bald mehr fesseln als jede Story aus der Stadt. Was hat es mit dem Mann im Salz auf sich? Ist er eine Art ›Hallstätter Ötzi‹? Ein sagenhafter archäologischer Fund wäre nicht nur eine touristische Sensation, sondern auch genau der journalistische Coup, der Käfer wieder ins Geschäft bringen könnte… Archäologische Abenteuer, Männerrituale und Frauen, die beschädigte Helden pflegen, halten Daniel Käfer in Atem. Für langweiligen Alltag bleibt später noch Zeit genug…

»Alfred Komareks blendendes Gespür für regionale Eigenheiten kommt hier wieder voll zum Einsatz.«
Brigitte, Hamburg

Narrenwinter

Roman

Daniel Käfer hat als Journalist nach wie vor nichts zu tun. Da bietet sich ihm die Chance, aus den verrückten Tagen etwas Ernsthaftes zu machen: Ein Buch über das legendäre Faschingstreiben im Salzkammergut soll er für ein Medienunternehmen in Hamburg schreiben. Freundin Sabine ist zwar nicht recht heiratswillig, aber die Fotos will sie gerne beisteuern. Fleckerlgewand und Karriere? Und das in der Scheinwelt der Medien? Ein Projekt, bei dem Käfer selbst zum Narren zu werden droht: *Die geschnitzten und bemalten Holzmasken vor den Gesichtern waren nicht symbolhaft starr, sondern verzerrten den Alltag variantenreich ins Groteske. Käfer erblickte bösen Biedersinn, hässliche Eitelkeit, grausamen Geiz, lächerliche Geilheit, plumpen Hochmut, kalte Schönheit.*

»Ein höllisches Panoptikum zügellosen Brauchtums.«
Dagmar Kaindl / News, Wien

Doppelblick

Roman

Es ist Frühling. Daniel Käfer macht in Hamburg Karriere – und steht in Graz am Grab seines Bruders: Zu viel Disziplin, zu viel Anspannung, zu viel Ärger hatte jener gehabt in all den Jahren. Wie hoch darf der Preis für beruflichen Erfolg sein? Käfer ist schon entschlossen, den nächsten Karriereschritt nicht zu tun und seine gemeinsame Zukunft mit Sabine zu festigen, als ihn ein Auftrag seines Konzerns ins Salzkammergut führt. Der Journalist soll ein geeignetes Haus finden für ein Seminarzentrum. Doch den ehemaligen Gasthof Doppelblick zu erwerben erweist sich als ebenso trickreich wie seine Beziehung zu Sabine.

»Ein Streifzug durchs Salzkammergut auf den Spuren des sympathischen Eigenbrötlers Daniel Käfer.«
Rainer Elstner / ORF, Wien